# 新古今の惑星群

*tsukamoto kunio*

塚本邦雄

講談社文芸文庫

# 目次

# Ⅰ　藤原俊成

# 1 幽玄考現學・あはれ幽玄

俊成は歌學上の美的理念「幽玄」の名付親であつた。釋阿を語ることはすなはち幽玄を釋くことに盡きよう。そして幽玄を解くことは王朝末期の和歌の祕奥を探ることに他ならず、ひいては「八代集」は申すに及ばず『伊勢』、『源氏』、『狹衣』を初めとする諸物語を究めねばなるまい。

およそ幽玄といふ言葉ほど複雑で包容力に富み同時に曖昧で捉へどころのないものも珍しからう。語の使用方法はそれ自體の意味を上廻つて幽玄を極める。平安前期の唐渡り幽玄、佛敎敎義のニュアンスを含む「深奥にして極むべからず」、「本質は常に不變なり」の要諦は一まづおき、こと俊成の立論に限るとしても「中宮亮重家歌合」（一一六六年）から「八幡宮撰歌合」（一二〇三年）にいたる約四十年間、夥しい歌合判詞に現れる彼の幽玄志向はこの語のもつ多義性に正比例して表現を多岐にわたらせ、彼の閲した歌人としての歳月に從つて變遷を重ね搖れ動くかに見える。生涯に「優《ゆう》」なる判詞用語を二百七十九回用ゐたといふが、その優、あるいは「艶《えん》」また「やさし」「なまめかし」さらには「あはれ」等等それぞれ微妙に重なりあひ滲みあひ、判者加判時と場所と對象によつて變り決定的な相違など無きに等しい。それらはことごとく俊成ユーゲニズムに包括され、しかも當然はなはだしく主觀的なものだ。

撰歌についても同斷である。一條帝正暦以後二百年の詞華である『千載集』もさることながら彼の好尙をもつとも如實に反映するのは『古來風躰抄』抄出歌五百八十九首であらう。再撰本當時八十八歳「千五百番」春判詞の前年、幽玄美學完熟の季の練り上げられた秀歌撰であれば歌合や敕撰歌集の判、撰に盡せぬ思ひがここには存分に遂げられてゐると見てよからう。そして何なら一方人は俊成の好尙をも十分加味の上私撰幽玄歌を七代集を典據に試みて彼の擇びと照合してみるなら、半ばわが意を得、半ばは案に相違し、つひに幽玄は煙霧の彼方に隱顯する幻であることに氣づかう。たとへば『萬葉』歌百九十一首中には、家持の絕唱、鶯（四二九〇＝國歌大觀番號以下同）、群竹（四二九一）、雲雀（四二九二）が含まれてゐない。にも拘らず桃の花（四一三九）は撰ばれてゐる。かぎろひ（四八）、棚無し小舟（五八）、象山（九二四）、若月《みかづき》（九九四）、菫（一四二四）、水泡《みなわ》（二七三四）等等優にして艷、姿心共によろしくあはれ深い秀歌と目されるものが夥しく漏れ、逆に抄出の意圖を訝しむやうな作が少からず採られてゐるのだ。『古今』以後『千載』までの六敕撰集についてもこの不審は尠しとしない。

一體彼の稱へる幽玄とは何であらうか。長明は賢しくも代辯する。

「一詞《ひとつことば》に多くの理《ことわり》を籠《こ》め、現《あらは》さずして深き心ざしを盡《つく》す、見ぬ世の事を面影に浮べ、いやしきを借りて優《ゆう》を現し、おろかなるやうにて妙なる理を極むればこそ、心も及ばず詞も足らぬ時、是《これ》にて思ひを述べ、僅《わずか》三十一字が中に天地を動かす徳を具し、鬼神を和《なご》むる術《みち》にては侍れ。」

嚴にこの規範指定にもとづくなら、單に和歌のみならず有史以來の藝術作品悉皆失格と言はねばなるまい。これを一種の悲願、最高の理想と見、及び得ずとも微かに接する作を幽玄の中に數へるなら、逆にいやしくも詞華集入撰の榮を見た歌、史上に殘りその美を謳はれるすべての作品はすべて破格の譽を與へられることにならう。

ではまた一方、彼獨自の美學をその結晶たるべき一代の作品に卽して探らうか。これまた更に懷疑の度は增すのみである。最も若書に屬する崇徳帝在位時代のものは別として「久安百首」（一一五〇年）、それと前後する「述懷百首」から命終の歳（一二〇四年）冬の「春日社歌合」作品にいたる五十數年間千數百首に上る歌は、これまた當然のことながら幽玄の極北を指すかに心詞を盡したものも、廣義幽玄の範疇からさへ逸れるかに思はれるものも入混り、かならずしも順年に深化してゆく徵も見られない。なほ人が幽玄と覺えるものかならずしも作者の意と合するか否かも疑問であり、その逆のケースも多多あらう。自讃歌「深草の鶉」に對する俊惠の冷やかな評言など、その著しい例證の一つであつた。歌論と實作の乖離は歌人すべてに關はる問題であり、特に定家などにはその徵候殊に著しい。餘情妖艶の代表作百首を撰び、これとその論「近代秀歌」及びその撰歌なる「百人秀歌」及び『新敕撰』をこもごも見比べる時、人はその懸隔の甚しさに惘然とするだらう。定家は極端な例であり、むしろその背反にこそ彼の職業の祕密が存在する。だが俊成の場合は彼の資質性狀を反映して論・作・撰の間にかかる露骨な矛盾はなく、これまた至極幽玄に暈《ぼか》されてゐる。極論曲論は間間見られるにしても、これはもともと彼の計算づくであつた。

特に歌合判詞ともなれば、この特殊なディスカッション儀式の性質上十分に裏目を讀む必要もあらう。判詞は「六百番歌合」に止めを刺し、これこそ俊成一代の代表作であつた。一番左勝の不文律をあへて破り左大將良經と大僧正慈圓の番を持《つがひぢ》(引き分け)としたところにも、まづ俊成の深慮は見られよう。主家九條家の下にそのかみの側近六條家と今日の被庇護者御子左家が對峙して鎬《しのぎ》を削り、蒼白い舌戰の血を流し百戰練磨の耆宿《きしゆく》俊成が餘裕綽綽緩急自在の判を重ねる樣は空前の壯觀である。だがその壯觀も裏から見れば一番の勝負におのれの矜持を賭け判詞の一語に疑惑の眼を光らせる腥さはむしろ酸鼻を極め、凋落期の六條家を代表する論客顯昭の執拗無類嚴格無比の論難追及、それに頑として立向ひ一歩も退かぬ俊成の凄じい語氣は和歌一首の美を遠く離れた時點で白熱する。和歌美學變動期轉換期であればこその緊迫した空氣であり、當然その意味において「六百番歌合」は凡百の歌合の中に聳立し、俊成判詞も記念されるのであるが、歌合儀式といふ枠の中での論戰、判定は飽くまでも夥しい不如意を伴ひ一首自體の徹底した鑑賞批評は望むべくもない。相對的な優劣の甲論乙駁は所詮空しい。この憾みはつづまるところ自歌合までもつてゆき純化を計つたところで盡きることはなく、また左右共共に親睦的なメンバーに變へたとて何の益するところもない。「御裳濯河歌合」、「宮河歌合」は前者であり後者は順德院中心の建保歌壇における定家、家隆出席の諸歌合を見れば思ひ半ばに過ぎるものがあらう。

「六百番歌合」はいつそ徹底して左定家右經家を入れ替へれば更に興味津津たるものになつたらう。すなはち左は主家女房良經と六條家四名、及び無所屬兼宗、右は良經同族の家房、慈圓以外は四名すべて御子左家となる。作家的資質天性の左右均衡は一瞬にして崩れる。優劣は結番《けつぱん》以前から瞭然たるものがあらう。俊成の判詞は一段と冱え虛虛實實、顯昭陳狀は二倍の長さに增えたかも知れない。これは勿論空論である。しかしながら折角俊成の高名な斷言「源氏見ざる歌よみは遺恨の事なり」を以てクライマックスとする冬上十三番「枯野」を含みながら、全體としては核心に觸れず生溫さを覆ひがたいこの大歌合判詞に一段と緊張度を加へたことだらう。

もつともこの歌合當時、既に俊成的幽玄の秤では量れない何物かがその子定家の歌には充ちはじめてゐた。良經も亦同樣である。對慈圓との番に定家、良經の負、殊に鬼拉躰《きらつたい》秀歌の負、及び消極的持の目立つのは單に俊成の挨拶に止らず、もはや彼には理解不可能の發想技法を彼等の歌は有つてゐた證左ではあるまいか。幽玄は何を含むかより幽玄からはみ出すものは何かを檢べた方が、この茫漠たる用語の相を觀ずる捷徑かも知れない。その意味でもふたたび「六百番」判詞の存在は重からう。

千五百番は規模の廣大において絕後であつた。また作品の艷麗を競ふ眺めも亦これに竝ぶものはない。ただこの歌合は後鳥羽院主催のデモンストレーション兼エクジビジョンであり、それゆゑにまた記念する意義も存した。九名の判詞も趣向を凝らした挨拶であり、ここでもただ一人顯昭が六條家歌學最後の代辯者として老いの一徹を哀しいまでに現はしてゐるのみだ。九十にま近い俊成はさすがの達見を示しつつももはや昔日の氣概はない。第一季經、師光以外は作者を兼ねてをり、自歌判の儀禮的な奧齒に物の挾まつたやうなりなしは慣例とは言ひ條、快いものではない。

「六百番」と重なる顏觸れは良經、慈圓、隆信、有家、顯昭、兼宗、定家、家隆、寂蓮の九名、「六百番」では一人も加へなかつた女流歌人が宮內卿、讃岐、小侍從、俊成女、丹後、越前と六名も召され、いやさらに妖艷の趣を添へる。式子內親王の死が一年後であつたらこの歌合は更に絢爛たるものになつてゐたらう。王朝和歌は「千五百番」においてクライマックスに達し、それは同時にカタストロフを意味した。『新古今』はその記念碑的綜合に他ならぬ。式子内親王（一二〇一年）を含めその後五、六年の間に俊成（一二〇四年）寂蓮（一二〇二年）小侍從（一二〇二年）宮内卿（一二〇四年？）良經（一二〇六年）顯昭（一二一〇年？）隆信（一二〇五年）通親（一二〇二年）と踵を接してみまかり、これに兼實（一二〇七年）守覺法親王（一二〇二年）を加へるなら『新古今』の花形及びこれの育成推進庇護者計十一人を喪つてゐることになる。偶然とはいひながら異様であり慄然たるものを覺える。死者相呼ぶ期はその三十年後にふたたび訪れる。後鳥羽院崩御（一二三九年）に殉ずるかに秀能（一二四〇年）定家（一二四一年）と櫛の齒を引き、やや先んずる家隆（一二三七年）良平（一二四〇年）それに順德院（一二四二年）兼宗（一二四二年）公經（一二四四年）と、そのかみの『新古今』の帝王、天才、寵臣、側近はことごとくまた六、七年の間に消え果てる。これまた鬼氣迫る偶然ではあつた。そして眞の和歌の花は以後ふたたびこのやうに匂ふことはなかつた。新詩社・新御子左家と、根岸短歌會・新六條家が、短歌として復活蘇生させるには約七世紀の歲月を要したのだ。しかもその時は後鳥羽院、九條家に代るべき權威あるオーガナイザーもパトロンも存在しなかつた。のみならず「幽玄」は延應、仁治の逢魔が時より二世紀の後申樂能の世界に蘇りさらに一世紀を閲して茶道に浸みわたり、また一世紀を經て俳諧の中に變身を遂げる。變身は變質を伴ひ幽玄の語も「わび」「さび」に移ろふ。いかに移ろひ轉じてもその間五世紀の雲霞を隔てる俊成の深草の鶉、芭蕉の古池の蛙は「あはれ」の一語を以てたちまち繫るかに見える。その根強くしかも危い連繫こそ日本文學の本質であつた。この美的理念からはつひに遁れ得ぬといふ意味では本質卽宿命であり、詩型、韻律の問題を越えて日本人の認識の問題ともならう。詩歌は文化はこの後も「あはれ」の屬性とは無緣であり得まい。のみならずすべては「あはれ」の亡靈につきまとはれつつ二十一世紀へ移つてゆくのだ。

・「六百番歌合」建久四（一一九三年）年

左　[1]良經　(六)[2]季經　[3]兼宗　(六)[4]有家　(子)[5]定家　(六)[6]顯昭

右　[1]家房　(六)[2]經家　(子)[3]隆信　(子)[4]家隆　[5]慈圓　(子)[6]寂蓮

判者・俊成

題　春15　夏10　秋15　冬10　戀50

・「千五百番歌合」建仁元（一二〇一年）年

左・[1]後鳥羽院・[②]良經・[③]慈圓・[4]公繼　[5]公經　[6]季能　[7]宮内卿　[8]讃岐　[9]小侍從　[⑩]隆信

[⑪]有家　[12]保季　[13]良平　[14]具親・[⑮]顯昭

右　[1]維明親王・[2]通親・[3]忠良　[④]兼宗　[5]通光・[6]俊成　[7]俊成女　[8]丹後　[9]越前・[⑩]定家

[11]通具　[⑫]家隆　[13]雅經　[⑭]寂蓮　[15]家長

| 年齢／他　名 | 俊成 | 定家 | 寂蓮 | 俊成女 | 後白河 | 崇徳 | 後鳥羽 | 式子 |
|---|---|---|---|---|---|---|---|---|
| 一一五〇年 久安百首当時 | 37 | | 12 | | 24 | 32 | | |
| 一一七二年 廣田社歌合當時 | 59 | 11 | 34 | 2? | 46 | | | 22? |
| 一一八七年 千載集成立當時 | 74 | 26 | 49 | 17? | 61 | | 8 | 37? |
| 一一九三年 六百番歌合當時 | 80 | 32 | 55 | 23? | | | 14 | 43? |
| 一二〇二年 千五百番歌合詠進時 | 89 | 41 | 64 | 32? | | | 23 | |
| 一二二一年 承久亂當時 | | 60 | | 51? | | | 42 | |
| 一二三五年 新敕撰成立當時 | | 74 | | 65? | | | 56 | |
| 生存年數 | 91 | 80 | 64 | 84 | 66 | 46 | 60 | 51 |
| 新古今入撰歌數 (一)隠岐本削除數 | (−7) 72 | (−5) 46 | (−2) 35 | (−2) 29 | (−1) 4 | 7 | (−14) 33 | (−2) 49 |

| 顯昭 | 清輔 | 有家 | 忠良 | 雅經 | 家隆 | 西行 | 小侍従 | 宮内卿 | 良經 | 慈圓 |
|---|---|---|---|---|---|---|---|---|---|---|
| 21 | 47 | | | | | 33 | 26<br>? | | | |
| 43 | 69 | 18 | 11 | 3 | 15 | 55 | 53<br>? | | 4 | 18 |
| 58 | | 33 | 26 | 18 | 30 | 70 | 68<br>? | 2<br>? | 19 | 33 |
| 64 | | 39 | 32 | 24 | 36 | | 74<br>? | 8<br>? | 25 | 39 |
| 73 | | 48 | 41 | 33 | 45 | | 83<br>? | 17<br>? | 34 | |
| | | | 60 | 52 | 64 | | | | | 67 |
| | | | | | 78 | | | | | |
| 78 | 74 | 62 | 62 | 52 | 80 | 73 | 83 | 19 | 38 | 71 |
| (−2)<br>2 | (−1)<br>12 | 19 | 5 | (−2)<br>22 | (−2)<br>43 | (−13)<br>94 | 7 | (−3)<br>15 | (−5)<br>79 | (−9)<br>92 |

判者　忠良春一春二　俊成春三春四　通親(夏一)(夏二)　良經夏三秋一　後鳥羽院秋二秋三　定家秋四冬一・季經冬二冬三
・師光祝戀一　顯昭戀二戀三　慈圓雜一雜二
題　春20　夏15　秋20　冬15　祝5　戀15　雜10

注　六百番　(子)　御子左家系　(六)　六條家系
千五百番　○　六百番も參加　・兼判者
(一)　通親判詞不成（一二〇一年）歿

## 2 深草の鶉

夕されば野べの秋風身にしみて鶉鳴くなり深草の里

思へば俊成の作品中この一首ほど自撰他撰こもごもに賞味され批評され語り傳へられた歌はあるまい。初出「久安百首」。自撰・『千載集』、『長秋詠藻』、「治承三十六人歌合」、『古來風躰抄』、「自歌百番歌合」。他撰・『無名抄』、『二四代集《にしだいしふ》』、『八代集秀逸』、『和歌庭訓』、『定家十躰』、『愚祕抄』其他。數え立てて他の歌人の自歌合の番になつた時のも入れれば更に頻度は增さう。『千載集』中の自歌三十六首を絞りに絞つてただこの一首を殘し『古來風躰抄』にも秀歌例として示してゐるのを見れば自信のほども知れよう。

他撰はともあれ俊成自身の矜持は重要であり、彼の理想はこの一首に凝縮してゐると見てよからう。これは彼の倦まずたゆまず生涯繰返してきた幽玄、優にして艶、やさしくをかしくそれゆゑにまたあはれなるものの典型であらねばならぬ。主觀的にはそれを網羅し理想像にぴたりと合つた秀作であつたかも知れぬ。しかし客觀はその自己陶醉を果して易易と受入れるだらうか。否と言はう。私は決してこの歌が彼の絶唱とも代表作とも思はない。否と考へる人の大半はその不滿のよつて來るところ、もつとも目に立つウィーク・ポイントを第三句「身にしみて」とするだらう。私もそれに異論は一應無い。夙に俊惠の卓見がある。長明の聞書《ききがき》ながら師の言を曲げることはあるまい。内内の話であればなほさら俊惠の本心を傳へてゐよう。

「彼《か》の歌は『身にしみて』といふ腰の句のいみじう無念に覺ゆるなり。是ほどになりぬる歌は景氣をいひ流して、ただ空に身に沁みけんかしと思はせたるこそ、心にくくも優にも侍れ。いみじういひもて行きて、歌の詮となすべきふしを、さはと言ひあらはしたれば、むげにこと淺くなりぬる。」

俊惠の言は當時の人人の所感の代辯でもあつたらう。現代ならなほのこと、この批判に傾かう。そしてそれはまさに當を得てゐる。俊成にとつては遺恨千萬痛憤やるかたのない次第であつた。それかあらぬか「慈鎭和尙自歌合」、「八王子」十五番（一一九八年頃）の七番に番へられた時の判詞に、

「この右、崇德院の御時の百首の內に侍り。これまたことなる事なく侍り。ただ『伊勢物語』に深草の里の女の『鶉となりて』といへる事を初めて詠みいで侍りしを、かの院にもよろしき御けしき侍りしばかりに記し申して侍りしを」

などと綿綿の念ひを綴つてゐる。俊成にしてみれば「身にしみて」は無用の用、これある

ゆゑに『伊勢』の面影づけがなし得たのだと訴へたいところであらう。「『伊勢』見ざる歌よみは遺恨の事なり」とまさか亡き俊惠にも『無名抄』筆者にも言へた義理ではなく、また兩者とも『伊勢』を知らぬはずもない。否俊惠は『伊勢』を重重承知してゐればこそ「さはと言ひあらはしたれば」と難じたのではあるまいか。俊惠の言はさりげないが、多くの示唆が含まれてゐる。まづ『伊勢』の本歌取を別としても「夕」「秋」「身にしみ」とあはれを誘ふ詞を上十七音にかう竝べ立てられては初心者でも辟易しよう。そこへ疊みかけて鶉がな（鳴・泣）き、地名が深草と來ては飽和狀態の相殺現象を來《きた》さう。このやうに入念を極め、時としては幽玄の押賣りか啓蒙精神の行屆き過ぎかと邪推したくなるやうな手法は、爾後晩年まで變ることがない。「治承二年右大臣家百首」、『新古今』入撰の絶唱の一つ、

昔思ふ草の庵の夜の雨に涙なそへそ山郭公《やまほととぎす》

も本歌に和漢の差はあるが、深草の鶉と全く軌を一にした作詩法なのだ。軌を一にしつつ鶉三十七歳、郭公六十五歳、三十年近い歲月は情趣重疊のくどさもくどいままに冱え、生半可な論難など寄せつけぬかに自立する。俊惠風に攻めるなら第一句はやや重たい。否、『白氏文集』十七「蘭省花時錦帳下　廬山雨夜草庵中」對句下半を取つて白樂天の流謫悲

歎をわが懐舊に變へるための周到な配慮親切な念押しかと言ひ添へよう。さう言はねば『文集』見ざる歌よみはと開き直られる懼れがあるだらう。それはともかく、第一句を字餘りにしてまでかく据ゑた餘勢は第三句のふたたびの破調によつてゆらりと支へられ、さらに第四句禁止命令形第五句體言止を以て一首さながら無言の慟哭の趣を呈し不思議なヴォリュームを感じさせる。「あはれ」や「優し」の域に止まつてはゐない。幽玄とは今少し情を深處にひそませる躰であらうとは思ふものの、幽玄にこだはらねば押しも押されもせぬ堂堂たる一首ではあつた。さらに言へば『文集』や『和漢朗詠集』を見ざる者にも結構感銘を與へ、詩句題詠を郭公に轉じた心ばへを知る時は第二義的にいやさらの感興を催す。

深草の鶉すなはち『伊勢』百二十三段、

「むかし、をとこありけり。深草に住みける女をやうやうあきがたにや思ひけむ。かかる歌を詠みけり。

　年を經てすみこし里を出《い》でていなばいとど深草野とやなりなむ

女、返し

　野とならば鶉となりて鳴きをらむ狩にだにやは君は來《こ》ざらむ

と詠めりけるにめでて、行かむと思ふ心なくなりにけり。」

これを髣髴させるのにどうしても「身にしみて」が必要であつたらうか。あるいはまた

思ふが一應默認しよう。ならば一首の歌とは本歌のためには瑕をうけたまま立ちつくし、ほどの名手、面影を活かしつつ一首の瑕《きず》にもならぬ詞くらゐ即座に湧き出るだらうにとは疑問はあとを絶たない。あくまでも本歌に拘泥するなら第三句はこのまま諾はう。俊成の封じ手は一應無視しての推論である。歌文一如の面影なくて何の本歌取であらう。のみを淺讀みしたのか、いささか凄愴の感過剩と思はれる。勿論歌は取つても文は取るな鶉變身など未遂のままでめでたく終らせてゐる。俊成の鶉は深讀みが過ぎたか單に女の歌べきだ。歌では鶉にならうと言つた。これは女の媚態であり求憐禱《キリエ》である。物語は彼女をの餘響が大事ならば、歌は勿論物語そのものにも分け入り兩兩相俟つた情趣をこそ傳へるるだらうがこれまた和歌の本質、鑑賞の第一義からは逸れよう。さらにそれほど『伊勢』者の與《あづか》るところではない。勿論何人かの具眼者、數奇者はその「初めて」を重要視し賞す題であるのか。この本歌を初めて取つたといふ感懷は飽くまでも俊成個人の事に屬し鑑賞のよつて來るところをことさらに暗示し、本歌との二重寫しを悟らせる方がより焦眉の問れてそそり立ち完全な美を搖曳することと、いささかの餘殃は必要惡として目を瞑り面影

俊惠論難の眞意は、言つてしまへば幽玄にならぬといふことであらう。一首が本歌を離添削などつゆさら思ひつかなかつたのだらうか。合」の時八十五歳、俊成は五十年近くこれを拔き差しならぬ完璧な技法と信じ、第三句の「身にしみて」以上の表現が不可能であつたのか。再考三考の餘地はあらう。「慈鎭自歌

人に咎められれば本歌のための榮光の破綻と涼しい顏をしてゐればすむのか。それほどまでに本歌が大事なのか。引いては本歌なき歌はいかに傑れてゐても次善なのか。あらゆる詩歌すべて本歌取たるを免れるものはない。例へば「夕されば」を第一句とする歌は『萬葉』『古今』に限つても三十を越えよう。「草の原」の一句に『源氏物語』「花の宴」朧月夜内侍と源氏の對面の場面及びその歌を想起するが當然といふ俊成であればなほのこと、「夕されば」の一句にもたとへば『萬葉』巻四笠郎女の相聞（六〇二）から巻十五秦間滿《はだのはしまろ》の伊駒山（三五八九）までことごとく聯想すべきであらう。顯昭あたりに智慧を借りれば數百の他の用例まで竝べ立ててこれこそ本歌のそのまた本歌と系譜調べまでしてくれるだらう。

一歩讓つて俊成は俊惠の指摘など心中齒牙にもかけてゐなかつたとしよう。ならば一點の曇りもない完全無缺幽玄の申し子的自讚歌、そこまでおのれの歌を恃むならこれも見事な見識として脱帽に價する。にも關らず彼は自作右を負とし慈圓の自歌「いかにせむ伏見の里の有明に田面《たのむ》の雁の月に鳴くなる」に勝を讓つてゐる。これまた『伊勢』第十段の本歌取であつた。

「むかし、をとこ、武藏の國まで惑ひ歩《あり》きけり。さてその國にある女を、よばひけり。父はこと人《びと》にあはせむといひけるを、母なむあてなる人に心つけたりける。父はなほ人にて母なむ藤原なりける。さてなむ、あてなる人にと思ひける。このむこがねに詠みて遣《おこ》せたりける。住む處《ところ》なむ入間《いるま》の郡《こほり》みよし野の里なりける。
　みよし野のたのむの雁もひたぶるに君がかたにぞよると鳴くなる
むこがね、かへし、
　わが方によると鳴くなるみよし野のたのむの雁をいつか忘れむ
となむ。人の國にても、なほかかることなむやまざりける。」

　武藏みよし野を伏見に轉じた後は「たのむの雁」のみが本歌の面影、沒落流離の貴族の風雅などさらに匂ふ作ではない。初句「いかにせむ」も空虚でそれこそ「夕されば」を更に上廻る夥しい用例、しかも『萬葉』にはなく『拾遺』以後に頻用されるので、いづれが先か後か檢べるのも煩はしい出典を探し廻るのも一興だらう。とにかくいかに慈圓が自讚しようと畏れるに足る歌ではない。それを勝としたのは挨拶だらうか。「伏見の里の有明の月に鳴くらむ田面の雁、いみじくをかしくこそ侍れ。左、尤も勝に侍るべし」の判詞はまことに訝しい。

　挨拶や抑遜謙譲ではさらさらあるまい。たとへば「大比叡」四番では、

　柴の戸に匂はむ花はさもあらばあれながめてけりな恨めしの身や　左　慈圓
　雲の上の春こそ更に忘られぬ花は數にもおもひ出でじを　右勝　釋阿

と慈圓の花を拒《しりぞ》けてゐるのだ。判詞は、

「左歌、心かぎりなく深くこそ見え侍れ。右歌はむかしより詠めりけむ歌七首、結縁のためにしるしたてまつれと侍りしうちの歌にこそ侍りけれ。この歌ことなる事侍らず。ただ『花は數にも』といふ末の句ばかり、ことよろしく思ひ給へてしるしたてまつりけるに侍り。ただしいささかも飾りたることなく申すべき由侍りしかば、末の句ばかりは少しは宜《よろ》しきにや侍らむ。返す返すかたはらいたく侍り。」

とあるが、實に齒切れの悪い物言ひだ。題は慈圓が「山深く住む頃、花を見て」、俊成が「出家の後、花を見て」。いづれにせよ兩方大した出來映えとも思へない。左の歌の心を稱揚してゐるのは、逆に詞は全くそれに伴つてゐないといふ諷刺であらうか。それにしても第三句七音の破調など大膽不敵で却つて面白く、下句の詠歎も手放しでグロテスクな味があり「田面の雁」の陳腐さよりは救はれる。俊成自撰七首の中の深草の鶉は負、雲上の花は勝とすればこれら計四首の價値判斷はどうなるのか。自讃最上位の深草の鶉の自信は毫も搖がぬとするなら慈圓の田面の雁はそれを凌ぐ未曾有の傑作、負けとした自讃歌よりはもともと次善次次善の雲上の春に負けた慈圓の柴の戸は四首中最低となる。

まことに歌合は徹頭徹尾相對的な鑑賞の遊戲であつた。トーナメント形式の新趣向で行はうとあるいはこれに時代不同のヴァラエティを添へようと、所詮比較の對象によつて評價は搖れ動く。歌合の勝歌と秀歌との關係など虚妄に等しい。しかもなほ彼等は勝敗に一喜一憂した。

「天徳歌合」忍戀の兼盛對忠見にまつはる逸話は信ずるに足りぬ。しかし逸話自體に信憑性のないことと歌合に捨身の執念を燃やす歌人の有つたこととは矛盾しない。恐らく忠見以上の痛憤に悶えた歌人はこの一逸話の彼方にひしめいてゐたらう。『明月記』の「二首負一首持、旁《かたがた》以《もつて》恐レ恥了」などの記載は彼が四十近い年齢ゆゑになほ哀れを止める。歌合歌すなはちどこからどう突かれても難の出ぬ、そのくせ言ひ得て妙。霞ませておもしろい歌をいくらも作れたであらう定家が、負けるのを承知で綺語を鏤めた歌を出してゐる定家が、かういふ歎息を洩らすのだから他は推して知るに足らう。一例を言ふなら「六百番歌合」夏二十一番、「遠近《をちこち》に眺めやかはす鵜飼舟闇を光のかがり火の影」がすらすら勝つなどと彼は思つてゐただらうか。判者が俊成といへども「闇を光の」などといふ意表を衝いた省略喩法を認めるはずがない。口うるさい顯昭あたりが目くじらを立てるのは見え透いてゐる。結果はその通りとなつた。番《つが》はされた相手が慈圓であり慈圓の作が秀れてゐたからの負ではない。達磨歌を父さへ理解しなかつたのだ。それが事前に豫想できぬ作者ではあるまい。當時三十一歳、未だ御子左家の優勢は萌しそめたばかり、その時點ですらこれだけの冒險を敢へてした定家が、一方「初度百首」は俊成の奏狀奏效で詠進を許されたのみか、ために內昇殿の榮さへ賜はつての後の九月に、このやうな翼翼たる詞を連ねてゐるのだ。當然恃むべからざる歌合の勝頻度が歌壇では結構歌人の名聲の尺度にすりかへられることを計算に入れてのことではあらう。だがその計算の他に判を絶對視する事大主義があり、逆に言へば事大主義を招くほど的確嚴正な批評眼が俊成の詞には充ち滿ちてゐたのであらう。俊成の判を絶對視することはこれをことごとく受入れることには直結しない。それのみか定家の歌はこの後さらに挑發的とも思はれる修辭の奇を誇る。「千五百番」で顯昭に滅多打ちにされて完敗した名作「尋ねみるつらき心の奥の海よしほひの潟のいふかひもなし」などその最たる一例であつた。一首の歌の評價はつひにおのれ一人のみの識るところである。ゆゑにこそ俊成は「深草の鶉」を終生自讃歌の隨一とした。定家がこれを棄てて「奥山の鹿」を採るのは後年のことに屬するが假に俊成存命中であつても自讃歌への矜恃は毫も變らなかつたらう。定家にしてもみづからの歌の白眉の一つに「松帆の浦」を數へて昂然たるものがあつたことを思ふなら、作者卽自作の最高の判者たることも亦危險この上もない。その危い主觀の黄昏に俊成の鶉は鳴き、かつ泣く。作品の絶對的な價値とは何か。それを告げるのは誰か。自讃他讃いづれあやめを分かぬ闇の中の見えぬ澪標に過ぎないのではないかと。

# 3　架空九番歌合

作品價値判定基準などつひにいづこにも存在しない。幽玄とは作品の中にあるなにものかではなく享受者の心の翳に過ぎぬ。是《ぜ》も非も優も劣も勝も負も持《ぢ》も決めるのはただ一つ刻薄嚴正な歴史の眼であらう。その眼、それこそしたたかな衆議判に他ならずこれにはいかなる陳狀も通じることはない。この完全な缺席裁判の無數の判者には千人の盲も重要な構成要員となつてゐることを銘記せねばなるまい。刻薄といひ嚴正といひすべて烱眼は勿論この盲、否見ようとせぬ眼によつて裁かれる結果であらう。眞理はその眼によつて曇り眞價は覆はれる。しかも今日《こんにち》の問題とならぬ美的理念は常に追放されるのだ。『新古今』にしたところで竟宴時以後七百七十年間の、特に明治以後の評價を見れば自明である。幽玄も決してこの他ではない。永い歴史の眼さへ見定め得ぬ眞理と眞價を、限られた一時代のさらに限りに限つた眼がどうして見究め得よう。この絶望を基盤として初めて「六百番」を最高潮とする歌合、及びその判詞は受取られねばなるまい。王朝和歌終盤の解釋評定に鬩する榮ある試行錯誤はこの時に始まるのだ。「六百番歌合」は善惡兩樣の意味で和歌作品の眞を採り合ふ一つの典型であつた。意識的な對立もこの際刺戟劑的要素として排斥すべきではない。さらに慮るならば後鳥羽院の『口傳』にも悪名高い季經、あるいは毒舌家の顯昭らを敵役と目することも偏見に類しよう。結題《むすびだい》の技術的制約、結番の一回性の不合理等はすでに免れがたい歌合の宿命である。私はそれらの正反兩要素を踏まえつつ今一つの架空歌合を催し、この幻めいたうつつの舌戰の彼方に、かの幽玄の行方を案じてみよう。

左はすべて俊成の作、右には主として六條家三代にわたる歌人の諸作を置き、判は寂蓮、顯昭を招き、獨鈷鎌首を再現させる趣向とした。

一番　嶺上花

左持　吉野山花や散るらむ天の河くもの堤を崩すしら浪　俊成

右　泊瀬《はつせ》の花の盛りやみなの河峯よりおつる水の白波　清輔

寂蓮　右歌、泊瀬にみなの河とは未だ聞き及ばず。「水」と言ひ「白波」と重ぬる、病にはあらぬにや。

顯昭　この歌、二句までは泊瀬の花を見、ここにかの陽成院が筑波嶺の戀のみなの河を髣髴せしめむとの趣こそにほひ侍れ。「水」は「見ず」を、さらには「峯」は「見ね」に通ふひびき聞え侍り。耳に聞えつつ目には見えざる水をかく言ひなすを幽玄とは覺え侍るを如何。左歌の「天の河」うちつけにて「堤を崩す」もむげなる見立《みたて》ならむ。

寂蓮　堤は雲の堤に侍り。たたなはる白雲の崩るる様、心に湧き、目に見ざる落花の今し盛んなるも、うつつに現じ侍り。幽玄の要諦ここに極まるべく、泊瀬のみなの河こそむげなる取合せなれ。左勝つべし。

顯昭　怪《け》しかる勝にこそ。泊瀬はここ、みなの河はよそ。ことよそとのなからひに花は白波に紛るる趣、至妙に覺え侍り。幽玄の心はかかる意外の意、理外の理によりて成るを知らずや。譲りて持となすべし。

二番　　水邊款冬

左勝　駒とめてなほ水かはむ山吹の花の露添ふ井手の玉川　　俊成

右　言はねどもくちなし色にしるきかなこや音に聞く山吹の崎　　顯輔

顯昭　花影をかしき河の邊には水飼ふも控ふる事こそ優に侍れ。右歌の心、詞に劣り露添ふ水も濁るべく覺ゆ。下句、鬱金の雫水にきらめく心地いみじう艶に侍り。可惜《あたら》とやは思ひ侍らざらむ。

寂蓮　駒止めて水飼ふは『古今』神遊び、檜隈川《ひのくまがは》にも見え侍り。水飼ふ心ゆかしく、水濁るとはさらに覺え侍らず。右歌、素性法師が「問へど答へず」を寫してゆゆしく、心ことわりの他に出づとも見え侍らず。名所の花の名にこめたるおもひ然《しか》るべけれど、その色歌の内にも外にも匂ひ出《い》でず。左、いかでか勝たざらむ。
顯昭　ことわりと言はば山吹は『萬葉』厚見王が甘南備河《かみなびがは》、『堀河太郎百首』國信が清瀧川の、餘をまじへぬ景物こそすずしけれ。まじへむとならば蛙の聲を遠にひびかすを限りとぞ思ひ侍る。内にも外にも籠らさじとの心あらばこそ上句に「言はね」「口無し」と置きたれ。「山吹の崎」には黄の色も「咲き」の趣もおのづから匂ひ侍るを「音に聞く」とは詠み侍りつらむ。甘南備河の「か」の連なりを受けてさらにやさし。ひびきに心つくすこと、また歌の玄奥なれど左歌の艷いささか右に秀《ひい》づ。枉《ま》げて勝とや言ひ侍らむ。

三番　雨中郭公
左　昔思ふ草の庵の夜の雨に涙なそへそ山郭公　俊成
右勝　むらさめぞまづおとづるる時鳥待つ夕暮の雲のはたてに　保季
寂蓮　「夕暮の雲のはたて」、『古今』の戀に「天つ空なる人」とあるを時鳥《ほととぎす》に變へたるにや。近く「老若歌合」家隆卿の歌に「思ひもしるくゆく螢」あり、光を聲の追ふはことわりなれど、むらさめは如何。なほまた、待つは時鳥にてむらさめならずと言はまほしき躰、心ゆかず。

顯昭　下句、主ある言葉とは思ひ侍らず。むらさめの時鳥は『源氏』幻の巻に「亡き人を忍ぶる宵の村雨に濡れてや來つる山ほととぎす」なむ見え侍るを、如何とは如何。『源氏』見ざる歌よみは遺恨と宣《のたま》ひたるは誰ぞ。われまた、この詞返して申し侍らむ。「幻」より村雨と時鳥を取り、亡き人は取らず。しかも初句、時ならぬ涙の趣もかすかに添ひ侍り。至妙のとりなしに侍らずや。左歌、夜の雨に涙、さらに時鳥、『文集』が白氏、廬山流謫の歎きの對句の餘韻には似ず。濡れにぞ濡るる嫋嫋の詞の文目《あやめ》、煩はしうこそ覺え侍れ。幽玄はかかる躰に極まると言はまほしき姿、いかにぞや聞ゆ。右勝となすべし。

寂蓮　草庵夜雨何ぞ香山居士が蘭省懷舊のみに執し侍らむ。『萬葉』小治田朝臣廣耳には「獨居《ひとりゐ》てもの念ふ夕《よひ》に霍公鳥《ほととぎす》《の》」あり、中臣朝臣宅守は「雨ごもり物思ふ時に霍公鳥」など、この鳥に寄せ思ひを陳ぶる歌、さはに見え侍り。心、幽玄に、餘りてなほしたたる詞、三三・三四・三三の急にして緩、切切としてまた綿綿の調べの上句に極まり、堰《せ》きあへぬ涙を鳥に戒むる趣もて、みづからに言ふ心ばへ見え侍らずや。山郭公の結び餘韻盡きず、神品とこそ申し侍らめ。

顕昭　詩歌同趣は先達左京大輔顕輔卿が奥義にこそ侍りしか。同じくて同じからずと宣ひし釋阿入道が異趣の本歌ふたつながらを一首に取らるるは怪《け》しかる事と覺え侍り。作者果して本歌二つとの意やある。右歌「千五百番歌合」の砌《みぎり》、判者他界のゆゑを以て判進無し。結句、仄かに他界を眺むる風情、ありがたくこそ見え侍れ。内大臣おはさばいかで愛で給はざらむ。勝譲らるるべし。

四番　　六月祓

左持　思ふことみな盡きねとて御禊する川瀬の波も袖ぬらしけり　　俊成

右　　みそぎする汀に風の涼しきは一夜をこめて秋や來ぬらむ　　顕隆

顕昭　左歌、上句は和泉式部の「麻の葉」をそのままに切り取り、下句は「けふはまたしのにをりはへ」に續く姿を寫す。撰集などにも入りたる歌にかくまで似するなど、作者かねがね自戒他戒の條に侍らずや。本歌、御子左家が幽玄には數へられずとも、紛れざる凄艶の名歌とぞ覺え侍る。名歌の半ばを取りてさらに及ばぬ躰、心苦し。右歌、させる難無けれど艶なるさまも見え侍らじ。

寂蓮　和泉式部が六月祓の二句まで取りたるは他意あり。「六月《みなづき》」に「皆盡《みなつ》き」を通はすは、すでに主ある躰とも覺えず。下句、川瀬の波は『濱松中納言物語』にも「みそぎ川川瀬の神にことふれて」と見ゆるを寫し侍り。すなはち神意にて身を浄めらるる趣にこそ侍れ。わが家の風、豈《あに》幽玄を狭めやはする。和泉が麻を避《さ》りて川波に袖濡らさるるは幽玄の玄なり。右歌、七月一日に禊するやに見え侍り。もとよりかかる歌に艶を求むるはゆゑなし。されど祓の後の心すずしき様、をかしく侍り。古風掬《きく》すべく譲り譲りて持となすべきか。

顯昭　右歌、七月ならず。「秋隔㆓一夜㆒」の詩題を結びたるなり。ひとへに古風とのみは覺え侍らず。物語歌の神こそみそなはせ。幽玄の玄とはかかる境に侍り。譲られ持とするは、かたはらいたし。

五番　菊香岸

左勝　山川の水の水上たづねきて星かとぞみるしらぎくの花　俊成

右　白妙の色をうばひて咲きにけりいつぬき川の岸の村菊　守覺法親王

寂蓮　左歌、清げに見ゆ。右歌、いつぬき川、聞きつかず。色をうばふも、ことごとし。

顯昭　貫河《ぬきかは》は催馬樂にも「瀬瀬の柔ら手枕、柔かに寝《ぬ》る夜はなくて」と歌はるるかに聞き侍り。何時《いつ》白妙の色を抜きしやとの心となむ。あきらけき白を歎きければ「うばふ」と置くなり。左、山川の水の水上、わづらはしからずや。「星かとぞみる」とは花を違へたるにや。

寂蓮　星と紛へし菊は證歌あり。『古今』秋の下、敏行朝臣「久方の雲の上にて見る菊は天つ星かとあやまたれける」と詠みおかれけり。水の重疊、また、例、さはに侍り。『千載』冬には仲實朝臣の「いづみ川水のみわだの」と重ねらる。いづれも怪しからず。催馬樂はさもあらばあれ、「奪ふ」「拔く」と詠《うた》へるはことごとしく古めかし。

顯昭　敏行朝臣の菊は、かしこきあたりに咲きたるものにこそ侍れ。星は星の位にもかかりて、むべなるかなとぞうなづかれつる。「きて」「みる」と上下に分《わか》たるれば、白しうことわりめきて、いみじく優ならずと覺え侍り。うちつけに星とおかれたるは心ゆかず。右、色をうばふの上句にて心誘ひ、下句にむら菊を黜ず。心にくし。ことわりの白同じけれど、右すこしは勝《まさ》らむ。

寂蓮　菊の歌には菊の品備はるべく、この品、左にありて右になしとあへて申し侍らむ。右、下句心こそあれ、ひびきむげにまろやかならず。菊の白妙汚るかに見え侍り。左勝となすべし。

六番　末枯《うらがれ》

左　霜さゆる枯野の草の原にきて涙ぞやがて氷なりける　俊成
右勝　霜枯るる野原に秋のしのばれて心のうちに鹿ぞ鳴くなる　季經

顯昭　左、「草の原」これまた『源氏』見てもの申せとの意に侍るや。枯野の草の原、さらに心えず。露の宿りの笹が原ならば同じ「花の宴」に見えたるやう、をこがましきことながら思ひ出で侍り。右、山の奥に鳴く鹿より心のうちに鳴く鹿、格段とあはれまさるべし。幽玄の極みとぞ言ひ侍らむ。

寂蓮　なべて枯れ伏したる野にからうじて綠をとどめ、草の丈《たけ》見ゆる一むら二むらをこそかくは詠み侍れ。『源氏』見ぬも、『源氏』のみに執しこれを繰返すも、共に遺恨の事と申し侍らむ。霜にまじるおのが涙冷えまさり冷えわび、心もさながらに凍らむとの趣、幽玄の埒を越えて凄じ。定家卿など夙に鬼拉《おにひし》ぐ躰とも申されし境、ここに侍らむ。右歌、「心のうち」と言ふ。言はずして心の景色を現すをこそ優とも艷とも稱へつらめ。「しのばれて」との三句に心は見え侍り。さはと言ひつのりて、むげに淺くなる例にや侍らむ。ただし鹿の聲おほよその歌にまさりてあはれなり。持となすべし。

顯昭　詞過ぎて淺くなりたるは霜、涙、氷の左歌に侍らむ。二句「枯野の草の」三句「原にきて」と割るるは如何。耆宿とも存ぜられざる亂れ、ゆるしがたし。證歌先蹤の有無は問はず、悪《あ》しきは悪し。陳辯聞かまほしからず。凄き心の景色など見え侍らず。ただ詞ばかり恐ろしげに聞ゆ。何ぞ鬼を拉ぎ得むや。定家卿「身をこがらしの森の下露」もこれに異らず。幽玄、優艶いづくに遣《やら》はれし。右勝とするを誰か阻《はば》まむ。

七番　山河氷心

左勝　かつ凍りかつは砕くる山川の岩間にむせぶ暁の聲　俊成

右　冬くれば谷の下水おと絶えてひとり凍らぬ峯の松風　忠良

寂蓮　左歌、及びがたきすがたなれ。ただよみあげ打ち詠じたるものに侍らず。もみもみとして丈《たけ》高く心も殊にあはれなる様《さま》、鬼神すらむせぶかに覺え侍り。『文集』「隴水凍咽流不得」を出でて、いやさらに深し。右、松風の凍らぬはことわりにこそ侍るめれ。「冬くれば」もねむごろに過ぎやしぬらむ。歌のさま、さびて見え侍れば口惜《くちを》しく侍り。

顯昭「曉の聲」聞きも立たず。凍りかつ砕くるは、夜《よ》をこめてのことにや侍らむ。曉は山川の水薄氷《うすらひ》の下をくぐり流るるものぞ。右歌の「下水おと絶えて」なむ、まことの姿に侍る。巒氣《らんき》寒極まりて松風の音も凍るかと覺ゆるを、詞には「凍らぬ」と轉《し》じ侍りしかば、すなはち餘の萬象凍みわたりたる趣こそ現るれ。冬とことわりたるところ難ぜられしも、連歌ならねば苦しからじ。

寂蓮　聲は山川のむせぶ聲、時は曉。結句切り分ちてそれのみあげつらふは、むげなるわざと覺え侍り。もとより歌は詞のつづけがら、かつは縺れかつは離るる、氣息一つにかかるとぞ心え侍る。

顯昭　つづけがらとは、いみじきこと聞き侍り。右歌の下句また同じ趣ならむ。讀人知らざる歌に「山川の岩ゆく水もこほりしてひとり碎くる峯の松風」あるを今こそ思ひ出でつれ。この證歌すなはち左右の本歌には侍らずや。「ひとり碎くる」と言へるは、いとをかし。下句、本歌に及ばず。本歌上句、左にやや劣りて見ゆ。拉鬼は聞きわづらへども左勝つべし。

八番　深雪鎖路

左　つもれただ道は絶ゆとも山里に日をふる雪を友とたのまむ　俊成

右勝　夢通ふ道さへ絶えぬ吳竹の伏見の里の雪の下折　有家

顯昭「日をふる雪」、「日を經《ふ》る」、「降る雪」と懸り侍るめれど「古る雪」とも見ゆ。友とせむには「舊《ふ》る雪」こそめでたけれ。いづれをも兼ぬるは緩《ゆる》きに過ぐべし。『蜻蛉日記』にも「降る雪に積る年をば」とて分《わ》きて詠めりける。右、心あはれにして、詞艶を極む。妙なる調べ、心もあくがるるばかりに侍り。幽玄は心の絃の斷れ斷れに遠白《とほじろ》く奏で出でられつるひびきと覺え侍れば、かかる歌見るこそ冥利に盡き侍るめれ。

寂蓮　雪は日を經てただ降り積れどの心に侍り。「舊《ふ》る」は言外にさらににほふと覺ゆれば苦しからざらむ。右歌、下折れするは呉竹にて里ならず。案ずるに夢の通ひ路は雪、雪持笹《ゆきもちざさ》もて鎖され、鎖されたる獨《ひとり》の夢も呉竹の雪に折らるる音もて醒まさるるの意ならめど、詞さだかとは覺え侍らず。作者もとりなしに困《こう》じたるにや。

顯昭　呉竹は雪に伏し、見ゆるかぎりはたわたわとせる眺めなむ、朧に現じ侍りぬ。「呉竹の伏見の里」はめづらしからねど、深雪《みゆき》添へて枕詞をうつつの景色に變へたるは、いみじくあはれなるべし。この歌、夢もうちしなひて戀に通ひ、冷え冷えとなまめかしう侍り。左歌、初句したたかに過ぎて、籠《こも》り居《ゐ》の深く幽《かす》かなるべき心さへ、しづけからず。憾みを遺《のこ》し侍らむ。

寂蓮　右に勝讓るは逆様事《さかさまごと》に似侍れども家の風、雪をまじへて呉竹もしをるる趣こそめでたけれ。雪の幽玄、夢の妖艶それも絶えぬるわびしさ、こもごもにこの歌に極まりたる、左及ばざるべし。

九番　濡袖戀

左持　洩らしても袖やしをれむ數ならぬ身をはづかしの森の雫は　俊成
右　戀しさを妹《いも》知るらめや旅寝して山の雫に袖濡らすとは　顯季

寂蓮　左、戀ひつつも身の賤しさを恥づる心あはれなり。言に出でて告げもやすらふは、あてなる人にかくる思ひにこそ侍るめれ。涙二色、袖に落つる姿やさし。右、戀しさに袖濡らすを妹に傳へまほしき心か。

顯昭　木の雫に濡るる戀の姿、そのかみ大津皇子《おほつのみこ》が石川郎女《いしかはのいらつめ》に贈れりし歌こそ、さらにあはれと覺え侍り。あながちに涙と懸くるゆゑ、雫むげに淺くなりぬ。寛平以來のことなれども心ゆかぬことに侍り。左右共にこれらの歎き今更めかしうこそあれ。ただ右歌少し『萬葉』の面影を傳へ侍れるを、ゆかしとや言はむ。羽束師《はづかし》の森、つたなき似せ繪に描ける顔のごとく、しらじらし。歌枕詠みならはすわざ、ひとへに譏《そし》るべきならねど、かかるもてなしはすでに飽《あ》き方《がた》とや申し侍らむ。右、山に名無き、むしろ優なり。また左歌、戀歌の戀の字なきは如何。「寛治七年菖蒲根合」の砌《みぎり》、修理大夫卿の右に番《つが》へられたる歌も、この咎《とが》もてあげつらはれ侍りき。

寂蓮　似せ繪羽束師の森はことわりに侍るめれど、詞の面影を歌の心にうつすは、あはれの源と覺え侍る。この心ばへ絶えなば、近代當代の歌おほよそは枯れ枯れとなり侍りぬべし。『萬葉』は言ふもおろかなれ。戀の字なき歌合歌《うたあはせうた》、その「菖蒲根合」の砌も戀の字ある顯季卿の左との番、持と判ぜられしを聞及《ききおよ》び侍り。洩らさざる心、歌のうちにも湛へられたるなれ。ゆかしくこそ。ただし左古しと言はば言ふべけれ。右つたなき節《ふし》なきにあらず。持となすべきか。

この創作歌合は俊成の變則他撰自歌合の形をとり、左九首すべて彼の作、右に番へた作者及び判は次の通りである。

一番　嶺上花　持　清輔　顯輔二男
　歌『清輔朝臣集』
二番　水邊款冬　負　顯輔　顯季三男
　歌『左京大夫顯輔卿集』
三番　雨中郭公　勝　保季　季經猶子
　歌「千五百番」夏一
四番　六月祓　持　顯隆　葉室一流祖、俊成養父顯頼の父
　歌『金葉』夏
五番　菊香岸　負　守覺法親王　顯昭庇護者
　歌『北院御室御集』

六番　末枯　勝　季經　顯輔末子
　歌「六百番」冬
七番　山河氷心　負　忠良　母顯輔女
　歌「千五百番」冬三
八番　深雪鎖路　勝　有家　顯輔孫
　歌「良經邸雪十首」『新古今』冬
九番　濡袖戀　持　顯季　六條家祖
　歌『金葉』戀下
俊成作品典據
一番・「右大臣家百首」、『長秋詠藻』　二番・「五社百首」、『新古今』　三番・「右大臣家百首」、『長秋詠藻』、『新古今』　四番・「述懷百首」、『長秋詠藻』　五番・「久安百首」、『長秋詠藻』　六番・「千五百番」　七番・「五社百首」、『新古今』　八番・『長秋詠藻』　九番・「述懷百首」、『長秋詠藻』
ちなみに判者に擬した寂蓮、顯昭はそれぞれ俊成、顯輔の猶子であり、「六百番歌合」では御子左家、六條家を代表して諤諤の論を鬪はせた。
この架空歌合でも我家の佛尊しとする我田引水の論を加味し、瑣末にわたる小競合《こぜりあひ》、ためにする曲論をも省かなかつた。しかし番を逐《お》ふに順つて兩者やうやくその虚しさに思ひあたり派閥を超えて秀歌の何たるか、幽玄はいづこにあるか、また幽玄拜跪のみで新風を律し得るかに討論の觀點を絞ることとなる。終番、有家の絶唱を共共に稱へる様は、作者が六條家に繋りながら心は御子左家に傾く一人であるために當然とも皮肉とも見えよう。

判詞は、ことさらに「侍り」調の擬古文とした。近來、古歌鑑賞に關する諸諸の提言を見るが、中なる一つに作品を現代人の眼で直視し新しい解釋評價を試みるのも重要ながら、作品の生れた時點に遡つて當時の環境、人人の生と美學の必然性を探り、しかして周到綿密な論を展開すべしといふ意味のものがあつた。至言であらう。可能ならば鑑賞者は古代、中世史に通曉し、有職故實から庶民の衣食住、風俗習慣、はては音樂、天文、動植物學まで、微に入り細を穿つた知識を持ちたいものである。ただその反面、歌に關れば本歌の本歌を穿鑿し枕詞の枕探しに明暮れ、推論と豫斷をことごとく警戒するたぐひの考古學、實證主義に偏した鑑賞も亦矯《た》めらるべきであらう。

判詞擬古文は、その時點に身を置くための一つの試行である。古歌を二つ竝べる時「です・ます・だ」調の判詞は、甚しい抵抗を感じさせる。優、艷、やさし、をかし、あはれは勿論、他のあらゆる廣義の批評用語も現代語に移した刹那に霧散變質する。古語、やまとことばは逆に歌への愛憎をくきやかに反映させるかに見える。錯覺であらうともたとへば幽玄なる美學理念もかかる時代の言葉の世界でこそはじめて把握可能であつたと思はざるを得ない。すべての詩歌作品はパラフレーズした途端に死ぬ。あるいは全然別の生を生き始める。韻文の如意不如意は就中深刻であらう。古典に随伴する百般についての蘊蓄を極めることが至難であるなら、まづ言葉から「舊きを慕」ふことも一つの途ではあらう。古語古文の壁に惱み身を撓めに撓《た》めた時、その屈した力は發條となつて人を現代に彈き返さう。彈き返されつつ眩《くら》む目の奥に古代、中世の優しく艷めかしくあはれな心と詞の花は咲き開き、二度と忘れ去ることはあるまい。

# 4 面影の花

面影に花の姿をさきだてていくへこえきぬ峯のしらくも

自讃歌「深草の鶉」と並び稱される俊成初期代表作の一つである。俊惠は鶉に遺憾の意を示した折にも、それに先だつて作者に「世にあまねく人の申し侍るは」この歌であるがと念を押してゐる。作者自身はこの時、鶉とは「言ひ較《くら》ぶべからず」と一蹴してをり、俊惠の批判及び俊成が後年「慈圓自歌合」判詞に託した陳辯はここに端を發する。世評にことよせてはゐるが俊惠自身も心中花の面影をより愛してゐたのだ。發表の頃、俊成は未だ舊名顯廣で三十歳、制作の時は康治二年（一一四三年）三月、「近衛殿御幸歌會」。題は「遠尋山花」、作者は崇德院、關白藤原忠通、行宗、これに俊成を加へての四名である。鳥羽院、皇后宮得子側の強請で崇德院はその前前年二十三歳で三歳の近衛帝に讓位してゐる。忠通女聖子が後宮に入つたのを壽ぐ歌會でもあつたらうが、內心既に怏怏たる新院にとつて尋ねる花とは何を意味したらう。『今鏡』の文は、花やかにつつましく崇德院の青年期を傳へる。

「幼くおはしましけるより歌をこのませ給ひて、朝夕さぶらふ人々に隠し題よませ、紙燭《しそく》の歌、金椀《かなまり》うちて、『響きのうちによめ』などさへ仰《おほ》せられて、常は和歌の會ぞせさせ給ひける。『さのみうちうちにやは』とて花の宴せさせ給ひけるに、『松に遐《はる》かなる齢を契る』といふ題にて、上達部束帯にて、殿よりはじめて參り給ひけり。

まづ御あそびありて、關白殿琴ひき給ふ。花園のおとど、その時右大臣にて琵琶ひき給ふ。中院《なかのゐん》の大納言笙《さう》のふえ、右衞門佐季兼、俄に殿上ゆるされて篳篥《ひちりき》つかうまつりけり。拍子は中御門大納言宗忠、笛は成通・實衡などの程にやおはしけむ。季成の中將和琴などとぞきき侍りし。序は堀川の大納言師頼ぞ書き給ひける。講師は左大辨實光、御製のはたれにか侍りけむ。常の御歌どもは朝夕の事なりしに、つねの御製などきこえ侍りしに、珍しくありがたき御歌ども多くきこえ侍りき。『遠くの山の花をたづぬ』といふ事を、

たづねつる花のあたりになりにけり匂ふにしるし春の山風

などよませ給へりしは、『世の末にありがたし』とぞ人は申し侍りける。まだ幼くおはしましし時、

ここをこそ雲の上とは思ひつれ高くも月のすみのぼるかな

などよませ給へりしより、かやうの御歌のみぞおほく侍るなる。これらおのづから傳

へきこえ侍るにこそあれ。」

引用文中の花の宴は天承元年（一一三一年）十月、時に崇徳帝十三歳、忠通三十五歳、俊成はまだ十八歳で葉室顯頼の養子、やつと歌を詠み初めた頃で內裏歌壇とは全く無緣であつた。しかし約十年の後、保延末年に「述懷百首」をものし、それをゆかりとして雲上に親近するやうになるまで、彼はいかにその雲上の花、星の位にあこがれたことだらう。五歳年下の青年崇德帝の面影を內裏の霞の彼方に思ひ描き、いつの日か歌の才もてそれをまのあたりにし、その聲をぢかに聽く日のあることを期してゐたことだらう。望みかなつて昇殿を許されたのも束の間、崇德帝退位、仙洞へは約十年還昇することができなかつた。雲上の花の面影は政變其他によつて近づき、かつ遠離る。距てられながらも折にふれてそそがれる詩帝崇德の歌人顯廣に對する愛顧の目ざしは變らなかつた。「遠尋山花」、當歌會における四者の作を改めて竝べれば次の通りである。

尋ねつる花のあたりになりにけり匂ふにしるし春の山風　　崇德院

かへるさのいそがぬほどの道ならばしづかに峯の花は見てまし　　忠通

面影に花の姿をさきだてていくへこえきぬ峯のしらくも　　俊成

よしの山花のさかりを過ぐさじと伏見の里を今ぞ過ぎゆく　　行宗

さすが職業歌人俊成の作はぬきんでてゐる。歌才幼時より抜群の崇徳院、兼實・慈圓の父、後の法性寺入道忠通らに立混つて、彼らが鷹揚に挨拶を交してゐる中に、俊成はただ一人歌題の心を優にかつ艶に詞に匂はせて面目躍如たるものがある。しかもなほ彼は自身の作にも巧妙に挨拶を籠めてゐるのではあるまいか。近づきかつは遠離る雲上の花、すなはち崇徳院への戀闕の心が滲んでゐる。俊成の歌は「いくへこえきぬ」の歎息の彼方に花は遠白く匂ひ、「さきだてて」に切切の情が盡されてゐる。俊惠流に批評を試るなら、この第三句はなくもがなであらう。あるいは他のもつとひそかな詞に代へらるべきであつた。あへて言ひ切つて盡さぬ心を詞に盡すのが俊成の本領であり、これは「千五百番」米壽過ぎての、

いくとせの春に心をつくしきぬあはれと思へみ吉野の花

まで變ることがない。あはれの底を身を揉むやうにして告げねばやまぬ彼のもてなしに、ふと深情《ふかなさけ》を覺えて顏を背けるのも、よくぞここまでと三歎するのも共に當然の受取り方であらう。そして同時にこの訴へねばやまず高音を顫はせて念を押さねば濟まさぬ詠法は、あるいは俊成ユーゲニズムの夙に至り得た境地であり、逆に限界ではなかつたらうか。「さきだてて」に憾みを遺すと言へば恐らく作者はかく言はねばひそかな戀闕の心が

傳はらぬと陳べたらう。そしてある意味では反幽玄に傾く陰に籠つた述志法は、この花の面影にさらに先立つ「述懐百首」において既に決定的な彼の本領となつてゐたやうだ。

春日野の松の古枝のかなしきは子の日にあへどひく人もなし　子日《ねのひ》
いつしかと春は霞のこえてゆく音羽の山やわが身なるらむ　かすみ
澤におふる若菜ならねどいたづらに年をつむにも袖は濡れけり　わかな
雲のうへに行き通ひても音《ね》をぞ鳴く花咲く時に逢はぬ雁《かり》が音《ね》　歸雁
世をいとふ宿には植ゑじかきつばた思ひたつ道かこひ顔なり　かきつばた
播磨潟藤江の浦にみつ潮の辛《から》くて世にもしづみぬるかな　藤
世の中をなげく涙はつきもせで春はかぎりとなりにけるかな　三月盡

これは冒頭の春の一部に過ぎない。百首ことごとく、春夏秋冬、森羅萬象に託した身分不遇の歎きである。折に觸れての數首にこの種の怨みを詠みこみ、以て陳情の手段とする例はあまた見られる。だが百首を通じて「ひく人もなし」「いたづらに年をつむ」「時に逢はぬ」「世をいとふ」「辛くて世にもしづみ」等等と執拗に繰返す歎き節《コンプラント》は滅多にないだらう。これが直接間接に效を奏して崇徳帝内裏への昇殿を聽されたか否かは別としても、また詩歌が結果的に處世の手段に利用されたことを云云するのは差控へるにしても、俊成の述懐の異様なくどさは特筆されてよからう。これが彼の稱へる幽玄の源そのものであつたとは言ふまい。だがこの粘りに粘つた血は幽玄の水上にしたたつて終生くれなゐの澪を引いてゐることも否定できないのだ。

「述懐百首」不遇哀訴を引續いて展望するならば、

神やまにひき残さるる葵草ときにあはでもすぐしつるかな　あふひ
早苗をばかけしわが身よ奥手《おくて》とも思はば頼みあらましものを　さなへ
埋もれて消えぬ氷室のためしにや世にながらへばならむとすらむ　氷室
見るからに袖ぞ露けき世の中を鶉鳴く野の秋萩の花　はぎ
浮世には門させりとや思ふらむ出でがてにする篠《しの》のをすすき　すすき
返りてはまた來る雁よ言《こと》とはむ己《おの》が常世《とこよ》もかくや住み憂《う》き　初雁
世の中よ道こそなけれ思ひ入る山の奥にも鹿ぞ鳴くなる　鹿
東路や引きも休めぬ駒の足のややなづみぬる身にこそありけれ　こまむかへ
しぐるるもよそにや人の思ふらむ憂きには袖のものにぞありける　時雨
身の憂きにをれ臥しぬればしをれ蘆の世をば難波のなにか恨みむ　寒蘆
水のうへにいかでか鴛《をし》の浮かぶらむ陸《くが》にだにこそ身は沈みぬれ　水とり
つくづくと寝覺めて聞けば里神樂託言《かごと》がましき世にこそありけれ　神樂

恨みずや君にのみかはおほかたの世にも逢ふてふことし無ければ　不逢戀
暮にもと契らざりせば世の中に待つことなくてやみやしなまし　後朝戀
とにかくに身にはうらみの滿ち滿ちて面《おもて》を拜むかたぞおぼえぬ　怨
いかにせむ賤《しづ》が園生《そのふ》の奥の竹かきこもるとも世の中ぞかし　竹
世の中は關戸にふせぐ逆茂木《さかもぎ》のもがれ果てぬる身にこそありけれ　關
天離る鄙《ひな》の長路《ながぢ》に日數經《ひかずへ》て落ちぶれぬべき身をいかにせむ　旅
うき身なりかけて思はじなかなかにいふ限りなき君が千年《ちとせ》は　祝

悲調いよよ色濃く、先に引用の春七首など氷山の一角とも言へよう。百首中「世の中」及び「世」あるいはこれに繫る「浮世」等を用ゐたものが二十三首現れる。すべてネガテイヴにとらえ裏からみた社會機構のニュアンスが深く、佛敎的色彩はほとんど感じられない。否作者がさういふ意味をこめてゐる場合でも、この百首中に置かれてゐる限りは俗臭を帶びる。定家が『明月記』の中で念佛のやうに繰返し、承久の亂以後、公經の餘映で官位おほよそは意のままになつてからさへ止めなかつた不遇の哀訴を、俊成は歌で一まとめに示したのかとさへ思はれる。

高名な秋の中の一首「世の中よ道こそなけれ」にしても、なるほど一首獨立させればそのやうな目的意識などさらにないと言ふこともできよう。「道」が政道を意味するとは露骨に過ぎた浅讀みではあらう。だが一聯中に戻せばやはり紛れもない千篇一律の哀訴の一節、時を得ず人を得ず、ゆゑに處を得ぬ歎きの他ではあるまい。本歌をあへて猿丸大夫とするなら、一方の秋といふ季節のあはれと一方の構へて言ふ對世俗、現世の不條理への痛憤は明らかな對照をなすのだ。「道こそなけれ」を『千載集』に入れたのには當然自讃の意も加はる。定家が處處方方に引用撰出してゐるのは敬服讃仰の心の深さからであらう。ならばこの歌は俊成初期幽玄の最たるものか。一首獨立した場合にも私にはいささかならぬ疑問が殘る。まして「述懐百首」の中に戻して熟視する時、幽玄とは制作時の動機要因には關らぬ切取られた次元の中での詞心に捧げるオマージュのたぐひであらうか。『幽齋抄』には『千載集』入集を「道こそなけれ」への俗難を考慮して保留してゐたところ、別勅あり、ためにあへて採入れたとある。穿つた逸話であらう。「俗難ありてはと斟酌ありしを」とは微妙な言葉だ。俗難かならずしも不當と決めるべきではない。ここに引つかかる讀者も夥しく存在した證左であり、斟酌したのは俊成自身思ひあたるふしが大いにあつたからと考へてよからう。逸話の非信憑性を計算に入れてもこの事情は大して變るまい。「俗難ありてはと斟酌を促されしも一蹴したまひ」ならいかにも俊成らしく、深草の鶉傳で念入りな講釋の一席がありさうなものだ。

「道」をほとんどの評釋書は「遁れ出る道」と解いてゐる。それはおそらく妥當であらう。だが一方、契沖が「あるいは『道こそなけれ』をおこなふ道かと思ふ人有るべし。俊成卿、世の中無道なりと憚りなくいかでよみ給ふべき」と言つたこの前半も亦反面の眞ではあるまいか。後後の「おどろが下」の「道ある世ぞと」に照らしても、また俊成自身が誤解を恐れた點に鑑みても、道は手段方法、それも「遁れ出る」手段方法と解するより先に、理非曲直を見定め行ふ義と受取るのも自然なのだ。そしてかかる道も行はれず憂患のみ山積する忌はしい世ゆゑ遁走を希ふのであらう。その道もつひにない。遁世のつもりで分け入つた山奥にも鹿の悲鳴を聞く。現世、地の涯まで苦界火宅といふ切實な歎きと考へておかう。私は明盲なのか表面だけに拘《こだは》つてゐるのかどう見ても「遁れ出る」の意が素直に浮んでは來ない。素直にさう取れるなら「おどろが下」も亦「遁れ出る道もこの世にはあるものだと人人に知らせてやらう」と解釋できることになりはしないか。それはともかく、深草の鶉の「身にしみて」、面影の花の「さきだてて」と軌を一にしてこの山奥の鹿にも「思ひ入る」といふ難處がある。一歩譲つて「入る」は山にかかる不可缺の詞と見ても「思ひ」には引つかかる。否引つかかりたくなる。そしてこの餘剩感、飽和感は疑ひもなく三首三箇所共通のものであり、俊成の本領かつは特徴に他ならなかつた。

世の中、世の中の連呼は、たとへばまた深草の鶉をさかのぼる十年昔のこの百首の秋萩の鶉にも及ぶ。「見るからに袖ぞ露けき」と「鶉鳴く野の秋萩の花」を繋ぐ「世の中を」は一首切離して見れば無くもがな、一聯中に置けば必然性を持つこと前例と變らない。しかも「を」の一音によつて鶉の「う」は「憂《う》」に、鶉は俊成自身に轉ずる。さらに一種惘然たる感を誘ふのは戀の部、後朝の「世の中」であらう。「暮にもと契らざりせば」と「待つことなくてやみやしなまし」を直結するなら後年の定家の秀作「など夕暮に待ちならひけむ」と相呼ぶ恨み、まさしく女の男を待ち侘びあまた裏切られた戀の恨みである。「世の中に」の第三句はこの場合勿論『古今』春上業平の「世の中に絶えて櫻のなかりせば」の「世の中」と同義の語である。にも拘らずこの戀歌さへ百首の中ではつねに期待に背く世、その忌忌しいからくりへの呪詛が裏側にひびく。臆測であらう。だが遠慮なく臆測を重ねるなら、件《くだん》の深草の鶉にしたところで、まかり間違つてこの一聯の中に紛れこむなら不遇哀訴の趣は十分汲み取れるのだ。寵を失つた女の悲哀は愛顧思ふに任せぬ作者の境遇に轉ずることも多多可能である。「戀」は「雜」に變る。秋萩の鶉がその「雜」にふさはしいニュアンスをもつやうに。

「ひき殘さるる」「ときにあはで」「奥手とも思はば」「埋もれて」「世にながらへば」「浮世には門させりとや」「己が常世も」「ややなづみぬる身」「よそにや人の」「をれ臥しぬれば」「陸にだにこそ身は沈み」「世にも逢ふてふことし無けれ」「身にはうらみの滿ち滿ちて」「かきこもるとも世の中ぞ」「もがれ果てぬる身」「うき身なりかけて思はじ」等等、一首に一、二句かならずこれでもかと言ふやうに手を變へ品を變へして表れる榮進斷念、自己流謫、求憐の詞、詞、詞。それもあくどいくらゐの強勢をしひて婉曲に、陰陰滅滅の趣を以て歌に籠めるのだ。山、河、野、關、橋はおろか、夢も無常も、はては祝の題までことごとく彼の執念の好餌となり終る。殊に掉尾の祝は全く呪に變り、この百首すなはちわが身のゆゑなき不運を、不運ならしめる世の中を告發する怨恨の連禱連呪であることを裏書する。俊成顯廣二十七歳頃の初の大作がこのやうな訴歎の追覆曲であつたことはあれであり、かつ由由《ゆゆ》しい。たとへこれが師俊頼の「恨躬恥運百首」に則つたものであるにしても、あるいはまた百首歌なる詠歌形式そのものがもともと哀訴歎願の心を含むことを念頭においても、青年の輝かしかるべき首途が陰に籠つた呪歌の輪唱によつて飾られたのは慄然たるものがある。訴歎奏效、崇德帝の叡慮にかなつたとしてもこの負數を基とした出發の暗さに變りはない。二十歳で「初學百首」、二十一歳で「堀河院題百首」、二十五歳で「花も紅葉もなかりけり」「など夕ぐれに待ちならひけむ」を含む「二見浦百首」、二十六歳で「皇后宮大輔百首」、「閑居百首」、二十八歳で「早率露膽百首」二度といふその子定家の眩惑的な青年期に比べるなら、述懷歌の強勢誇張を割引してもなほ暗然とする。しかも百首以前の雜歌にも司召《つかさめし》の昇進に漏れたことを、

思ひやれ春のひかりも照らし來ぬみ山の里の雪の深きを

と歎き、父の忌、母の服喪參籠の折の歌も一見は哀傷、よく讀めば官途意に添はぬ嗟歎を述べてゐるのだ。

如上の屈辱、隱忍の日日の果であればこそ「花の面影」はいやさらに彼の心に輝き出で、讀む人の心に沁むのであらう。「さきだてて」の殊更めいた措辭はもはや俊成の生命であり、彼の一生の歌につきまとふ體臭であり、業《ごふ》とも言ふべきものであつた。

ただ不遇は彼ひとりの歎きではない。彼の恃む崇德帝すらこの例に洩れず、「遠尋山花」の作者の一人行宗も亦夙にその帝の袖に縋つてゐた。彼の訴へを歌に托して、しかも實能を通じて鳥羽院に傳へる崇德帝の優しさを俊成はひとごとならず眺めてゐたことだらう。『今鏡』は天承二年三月試樂の樣に續いて、その事情を傳へる。

「百首歌なども人々によませさせ給ひけり。また撰集《せんじふ》などせさせ給ふときこえ侍りき。かばかりこのませ給ふに、歌合侍らざりけるこそくちをしく侍りしか。古き事どもおこさむの御志はおはしましながら、世を心にもえまかせさせ給はで院の御ままなれば、やすき事もかなはせ給はずなむおはしましける。歌よませ給ふにつけて、朝夕さぶらはれける修理權太夫行宗、三位せさせむとて德大寺のおとどにつけて、『院に見せ參らせよ』とて、

我が宿に一本《ひともと》たてる翁草《おきなぐさ》あはれといかが思はざるべき

とぞよませ給ひけるときこえ侍りし。」

翁草の行宗が三位に敍せられたのは保延五年正月、院へ歌を届けた德大寺實能の子、後の大炊御門右大臣公能はこの頃俊成の姉豪子を娶つてこれも後の後德大寺左大臣實定をま

うけてゐる。花の面影を雲上に尋ねた頃俊成は紆餘曲折の末、鳥羽帝寵姫美福門院得子に仕へる加賀と結ばれる。當然美福門院の庇護は及ぶことになり、好むところでなくても崇徳新院の餘映など頼みにする必要もなくなつて來る。十八年間三十二歳まで従五位下に止めおかれた俊成がその後四十二歳まで十年ばかりで從四位上まで昇進する。もはや憂ひ顔に百首の述懐を試みることもないのだ。しかもその美福門院は後後事に啀《いが》み合ふ六條藤家を後楯としてゐた。閨縁閨閥の禍福に翻弄される數多《あまた》貴族の中の一人ではあつたにせよ、福に轉じた點では俊成がその子定家より早かつた。青年期の定家が時としては疑惑さへ覺えた父俊成の老獪とも言ふべき處世術は幽玄詩學と共に既にこの時期に熟してゐたのではなからうか。花はつねに霞の奥から彼を招きかつ拒む。

# 5　亂番戀歌合

俊成の戀歌入撰は『詞花集』一首、『千載集』九首、『新古今集』八首で、八代集中に計十八首を數へる。『詞花』は俊成の作この一首のみ、『千載』は計三十六首を自撰撰入、『新古今』は七十二首中のものであった。

『詞花集』

心をばとどめてこそは歸りつれあやしやなにの暮を待つらむ

『千載集』

照射《ともし》する葉山が裾の下露やいるより袖はかくしをるらむ
いかにせむ室の八島にやどもがな戀の烟を空にまがへむ
思ひきや榻《しぢ》の端書《はしがき》かきつけて百夜《ももよ》も同じまろねせむとは
頼《たの》めこし野邊の道芝夏ふかしいづくなるらむ鵙《もず》の草ぐき
忘るなよ世世の契をすが原やふし見の里のありあけの空

戀をのみ飾磨《しかま》の市《いち》にたつ民のたえぬ思ひに身をやかへてむ
逢ふことは身をかへてとも待つべきによよを隔てむほどぞ悲しき
奥山の岩がきぬまのうきぬなは深き戀路になに亂れけむ
しき忍ぶ床だに見えぬ泪にも戀は朽ちせぬものにぞありける

『新古今集』

海人の刈るみるめを波にまがへつつなぐさの濱を尋ねわびぬる
思ひあまりそなたの空を眺むれば霞を分けて春雨ぞふる
逢ふことはかた野の里の笹の庵しのに露ちる夜半の床かな
散らすなよしの の葉草《はぐさ》のかりにても露かかるべき袖の上かは
うき身をば我だに厭ふ厭へただそをだに同じ心と思はむ
よしさらば後の世とだに頼めおけつらさに堪へぬ身ともこそなれ
哀れなりうたた寝にのみ見し夢の長き思ひに結ぼほれなむ
思ひわび見し面影はさておきて戀せざりけむをりぞ戀しき

二十七歳前後の「述懐百首」から九十賀直前の「千五百番歌合」まで六十年餘りの時日が、この十八首の中に籠められている。述懐には戀の部にある「世の中は憂きふし繁し篠原や旅にしあれば妹《いも》夢に見ゆ」は題の「旅戀」にちなんだのか、『新古今』では羇旅の中に含まれてをり、この種の部類變更は他にもあらうが、ともあれこれが自讃他讃を含めた俊成相聞歌の代表である。『千載』には「久安百首」と「右大臣家百首」が多く、『新古今』には「千五百番」が顔を見せる。これは當然であるがその『新古今』に俊成三十未滿、美福門院加賀への歌「よしさらば後の世とだに」が見えるのも面白い。その上これに續いて彼女の返歌「頼め置かむただ さばかりを契にてうき世の中の夢になしてよ」が定家朝臣母の名で出てゐるのもさらに面白からう。定家にかかる相聞はない。ない代りに繪空事の戀歌のすさまじさは俊成のさらさら及ぶところでもない。一體この十八首のどこに幽玄、妖艷、讀む人の心を奪ひあるいは涙をさそふやうな趣があらう。わづかに一首「思ひあまりそなたの空を眺むれば」がその趣を備へてゐるばかりではないのか。

これもおそらく同時期の作であり、相手は別人であらう。「述懷百首」中の戀は改めて喋喋するまでもない。「久安百首」の戀二十首、『千載』、『新古今』の四首以外もおよそ同工異曲であり、くだくだしい枕詞、序詞、縁語、懸詞と空疎な強勢法、釋教歌紛ひの說得調、さなくば常識以前の感懷の繰返しである。いたづらに現代の眼で裁斷を試みるゆゑの極論ではない。業平、和泉式部の昔を問はず、たとへば同時代の武人頼政にすらこれらを凌ぐ鮮烈で巧者な戀歌は夥しく、良經、定家となれば比較を絕する。幽玄、妖艷の存否など考へる以前の發想技法への疑問である。たとへば「戀をのみ飾磨の市に」は屛風歌以下の單なる思ひつきに過ぎず、「思ひわび見し面影は」など西行の「うとくなる人を何とて恨むらむ」にさへ及ばない。眞情の吐露云云は中世の戀歌に限つても經驗の有無、動機の虚實と直結するものではない。色戀沙汰の頻度、妻妾の多寡や能力など戀歌制作に何ほどの影響を及ぼさう。たとへ及ぼしたところで作品の優劣はおのづから別の力のなすわざであつた。

その俊成の久安二年（一一四六年）三月三十三歳の時の「六條顯輔家歌合」の「後朝」の一首が最初の敕撰集入撰であつたこともいささか皮肉な感じがする。一首入撰はさして憾みとはすまい。もともと當代歌人入撰の最高が忠通七首、次いで崇德院と撰者顯輔が各六首といふ保守振りであつた。もつとも當代以前となれば好忠十七首、和泉式部十六首、俊頼十一首と決して歌風の舊套を重んじてゐるわけではなく、基俊を殊更に一首に止めてゐるのもなかなか辛辣と言ふべきであらう。當代歌人の秀歌に乏しかつたことも事實であり、その意味では崇德院も顯輔も不幸であり、俊成は未だ時を得てゐなかつたのだ。それにしても院宣以後十年近く滯り成立後も序を缺いたままのわづか四百餘首、『古今』眞名序の「發㆓其花於詞林㆒」を享けた集の名に背くものであつた。

基俊のただ一首も同じく戀、

淺ぢふにけさおく露の寒けくに枯れにし人のなぞや戀しき

であり、『萬葉』寫しのしかも舌足らずな凡作、いくら才學專門の基俊でもこれに優る作はいくらもあらう。歌病にうるさい彼の作を撰ぶにあたつてわざわざ初句、三句の終りと四句の央に「に」を重ねたものを引張り出すところも惡意めく。

ただこの八代集中最小の惡名高い『詞花』にも、秀作は紛れることはない。たとへば、

惜しむとて今宵かきおく言の葉や綾《あや》なく春の形見なるらむ　崇德院
秋ふくはいかなる色の風なれば身にしむばかり哀れなるらむ　和泉式部
竹の葉に霰ふる夜はさらさらに獨りは寢《ぬ》べき心地こそせね　同
思ひかねそなたの空を眺むればただ山の端《は》にかかる白雲　忠通
夕まぐれ木繁《こしげ》き庭を眺めつつ木の葉とともにおつる泪か　義孝
こその春散りにし花も咲きにけりあはれ別れのかからましかば　赤染衞門

など、やはり心に沁むものがあり、特に夭折の天才歌人義孝の「夕まぐれ木繁き庭を眺めつつ」を選んだ眼は嘉されてよい。また種種取沙汰される戀歌下、寂嚴法師の「み狩野のしばしの戀はさもあらばあれそり果てぬるか矢形尾《やかたを》の鷹」や、律師仁祐と大僧正行尊の童をめぐる贈答歌なども珍しく面白い。これらの雜多な秀歌、凡歌、奇歌の中にあつて俊成の作はほとんどかへりみるべきよすがもない。そして保元、平治の亂の腥い風は歌壇の庇

護者崇徳院を讃岐に逐ひ、今様に夜も日もない後白河の代となつた。顯輔を初め家成、忠盛も他界し、やうやく復活の兆の見えるのは保元四年（一一五九年）俊成四十六歳の春、「二條帝內裏歌會」の頃である。

應保二年（一一六二年）三月、德大寺家出身の二條帝中宮育子立后を賀して絕えて久しい晴儀歌合が催される。貝合の翌日が後宴歌合、續いて當座歌合。その當座歌合でおそらく御子左家と六條家の最初のあらはな對立が生れる。衆議判の討論中、

題　躑躅夾路

左　いはつつじこのもかのもにさくころはすぎぞやられぬみねのほそみち　有房

右　いづ方も散らさでゆかむ岩つつじ左も右もまくり手にして　讃岐

論の焦點は有房の作中の「このもかのも」であつた。出題者であり出詠者の一人でもある範兼は、「このもかのも」は筑波山以外は用ゐてはならぬ。あの山は八方に面があるゆゑにこのやうな景も生ずるが平地の路では困ると難じ、俊成もこれに贊成する。俊成は基俊判を先例としての承服であつた。この時淸輔が基俊の說は僻事、それ以前に證文があると大見得を切り、躬恆の言を引合に出して一應見事に難を退ける。この邊を『袋草紙』には、

「予中云、躬恆が『假名序』には『漢河《あまのがは》に烏鵲《かささぎ》のより羽《は》の橋を渡して、此のも彼のもに行きかふ』と書きたる樣《やう》に覺悟す。如何。于レ時、主上より奉レ始、滿座鼓動及二簾中一。範兼少有二興違之氣一。仍定レ勝。範兼、顯廣同心之時如レ虎。聞二證文一復如レ鼠也。後日世間に鼓動して感嘆無レ極云云。但、『萬葉』には此面彼面と書顯。然者普通之事也。知りたるが不二高名一。不レ知が不覺也。」

と自畫自讃して得意顏である。しかも虎が鼠になつたとはいかにも惡意を籠めた嘲弄だ。俊成は近時の例を慮り消極的に同調してゐるのだが、清輔にはこの同調も附和雷同としか感じられなかつたのだらう。さしたることではない。證歌證文探せば他にもあらう。筑波以外を禁じるのも妙な話だが、こんな證文一つを手柄顏にするのもをかしく、また滿座鼓動も誇張であらう。鼓動したなら清輔の演出效果がよほど巧みだつたのだらうと思はれる。しかし俊成にとつては遺恨のことであつたに相違ない。後年「六百番」を中心とする俊成判詞の對六條家反撥もこの一件を拔きにしては考へられまい。

それからあらぬか清輔は初昇殿のこの歌合で面目を施して以來、二條帝の覺えめでたく、事毎に俊成は後塵を拜して崇德院の昔を懷しむ日が續く。新興平家一族の、續いて擡頭する兼實中心の九條家歌壇にも清輔は君臨する。平家とは閨閥を以て繫り九條家にはその上に主從關係を有する六條家に御子左家は指をくはえてゐる他はない。特に九條家には治承元年（一一七七年）清輔の歿するまで俊成は一歩も近づき得ず、平家歌壇に折折招かれるに止まつた。俊成は清輔が判者をつとめる歌合にはただの一度も出詠しなかつた。清輔も同様の傾向はあるが俊成ほど露骨ではない。十歳見當年長のライヴァルに對する彼の反感、嫉妬は根強いものがあり、後には清輔個人よりも六條家そのものへの對抗意識に轉ずる。端緒は岩躑躅の此面彼面とばかりは言ひ切れまい。このやうな遺恨存念渦巻く中にかの「幽玄」は次第に變質發展してゆくのだ。清輔、六條家とてこの點に關してはかならずしも「反」ではない。判詞に「優」を用ゐるか「やさし」を用ゐるかの微妙な差異である。ただ彼らも亦この點に關しては時と人とを得なかつただけなのだ。

仁安二年（一一六七年）八月には平經盛の家で歌合が催された。「このもかのも」の六年後である。判者は經盛と蘭交の契ある清輔、時に六十數歳、十八年後壇浦で入水する經盛は四十四歳。亂番隱名の歌合であるが、勿論俊成は招かれもせず出席もしてゐない。出席者中、御子左家の代表は後の寂蓮、當時二十九歳の俊成猶子定長であつた。ちなみに定家はこの年まだ六歳である。

題は草花、鹿、月、紅葉、戀。各十二番で二十四名の出席者中には清輔を筆頭に重家、季經、顯昭の兄弟が肩を竝べ、俊惠、心覺、登蓮、賴政、小侍從が加はり、後に保元の亂で配流され五年後に召還となつた教長、實淸の名も見える。御子左家はこの年、顯廣名を變へた俊成五十四歳と定長を除けば他に人はゐない。九條家にしろ兼實は十九歳、弟の慈圓も十三歳であり、父の前關白忠通は三年前に歿、兄の關白基實がやつと二十四歳であつた。いきほひ壯年屈強の論客を揃へた六條家の覇を制する時期、俊成、定長の孤軍奮鬪も及ばぬ人と時の不利と言へよう。定長は五番中、負三持一勝一、顯昭は勝二負二持一。もし俊成判でもこの通りだつたらうか。定長の心中は決して穩かではなかつたに違ひない。「六百番」の獨鈷鎌首も亦ここに兆したのだ。しかしたとへば、

鹿

左　　さを鹿の鳴く音《ね》はよそに聞きつれど涙は袖のものにぞありける　　定長

右勝　山高みおろす嵐や弱るらむかすかになりぬさ男鹿の聲　　季經

判詞　左は故俊賴朝臣の歌に「さ男鹿の鳴く音は野邊に聞《きこ》ゆれど涙は床《とこ》のものにぞありける」と侍るめれば、いかが。右腰の五文字、おもふべかりける。大方は心なきにあらねば、右の勝となすべし。

これでは返す言葉もなからう。たとへ俊成判でもこのやうな露骨拙劣を極めた本歌取が許されるはずはない。淸輔は若輩の定長など眼中にはなく、御子左家ゆゑになどといふ惡意、構へた論難は思ひもかけず、淡淡と公平な判を行つてゐるのだ。季經の作も常凡である。だが定長の作の非常識は明らかで、この凡作さへ勝とせざるを得なかつたのだらう。『金葉』以來の敕撰歌人、崇德帝「初度百首」作者の一人である父忠盛の詩人的氣質を一

身に享け、異母兄清盛には期待できぬ藝術擁護の面をそなへた經盛の心ばへは多とすべきであらうが、もはやこの歌合の反映するやうに二條帝歌壇に新風の競ふ氣配はなかつた。むしろ俊惠の主催する歌林苑の方に俊賴讓りに原・幽玄、餘情が蘇らうとしてゐたのではあるまいか。

貝合の三年前、長寛二年（一一六四年）八月の歌林苑歌合には既に顯廣俊成が判者をつとめてゐる。俊惠、賴政、登蓮、資隆、實定、實家らの六人。德大寺家の兄弟の顔も見え、當時及びその後の俊成を支持する重要なメンバーが揃つてゐる。傳へられる作や判詞も經盛家歌合とは對照的で面白い。

藤袴ねざめの床にかをりけり夢路とばかり思ひしものを　登蓮

判詞　姿・詞、いひしりてきこゆ。但、是は本文にやあらむ。そのかみ『左傳』と申す書をうかがひ侍りしにこそ、鄭文公之妾燕姬、夢に、蘭を得たることは見侍りしか。されば直幹、詩にも「夢斷燕姬曉枕薰」とつくれり。これらの心にやあらむ。

歌も判詞もうつくしい。俊成のペダントリーも押しつけがましからず、この判詞を導き出した登蓮の歌の心ばへもゆかしいと言へよう。「蘭」を往時は「らに」「ふぢばかま」と訓《よ》み、もとより中國の蘭とは異るが、それゆゑに本歌取の面白さも添ふのだ。判者俊成のデビューとしてまことに艶な風趣あり、記憶に價する。「經盛家歌合」にはこのやうな作はまず見當らない。判者を念頭に入れてのことか、歌合用の歌のパターンの埒外に出ることを愼んでゐるのか全體に低調であり、百二十首中の白眉と思はれる小侍從の作、「月」の七番左、

　天つ星ありとも見えぬ秋の夜の月は涼しき光なりけり

さへも、清輔は「左、岸樹病あるうへに、いま一句添ひて、三句まで初の字同じ。これは古き歌合にも申したる事也」と難じて、歌そのものの優劣にはいささかも觸れず、偶然「夜」の字を上下句に置いた師光の凡作との番で、持としてゐる。「古き歌合」とは多分經信の判などを言ふのだらう。待宵の小侍從、當時五十に近いヴェテラン、歌病の何たるかくらゐ重重承知していたらう。頭韻「あ」を踏んで仲秋の爽やかなひびきを傳へたかつたのではなからうか。岸樹病など全くナンセンスといふ他はなく、『歌經標式』など、『萬葉』歌まで症例の一つに數へてゐるが、さすが俊頼は「それらを去りて詠まば、おぼろげの人の詠み得べきにもあらず」と戒を緩め「古き歌にも、それらの病を去りて詠めりとも見えず」と、逆に言へば反證歌無數であることを暗示してゐる。その通りで、たとへば人

麻呂の「小竹《ささ》の葉はみ山もさやにさやげども」を先頭に、病歌は『萬葉』各巻に滿ちてゐるといへるだらう。「蘭《ふぢばかま》」の登蓮も、こちらの歌合では「秋の野の花に心を染めしよりくさかや姫もあはれとぞ思ふ」といふ妙な歌を出して「くさかや姫」を散散に突かれてゐる。淸輔は聞いてゐる方が鼻白むくらゐの啓蒙口調で、滔滔と『日本書紀』神代上、四神出生のくだりを引き「草祖草野姫《くさのおやかやのひめ》」と言ふべきだと窘《たしな》める。これまた登蓮二の句のつげぬところであつたらう。

計六十番の判詞ほとんどが消極的な贊意で勝か持、「左、さしたる所もなければ勝ちもしなむ」「右歌よからねば、左勝にて侍るべし」式の生溫い用語が頻出する中でただ一《ひと》番《つがひ》、戀の十番にだけは例外的な表現を見せる。

左　賴めしを待ちしほどなる暮ごとに思ひ侘びぬるわが心かな　小侍從

右　戀ひ死なむ別れはなほも惜しきかな同じ世にあるかひはなけれど　賴輔

判詞　これは右勝にこそは。いとをかしく侍る。こは誰《たれ》が詠みたるにか侍るらむ。

心にくく思ひ給ふるものかな。

小侍從の待宵のテーマなど齒牙にもかけず、無條件に賴輔の右を推してゐる。そしてこの歌合で淸輔が用ゐる他の比較的積極性を帶びた判用語には「をかし」が幾度か現れる。

すなはち、

・掘り果てぬ花こそあらめ秋の野に心をさへも殘しつるかな　賴政

判詞　こころばへをかしければ、勝とすべし。

・睦言もいはまほしきを女郎花くちなし色のつらくもあるかな　師光

判詞　左、をかしく侍り。但、くちなし色ならぬ花は物は申してむや。大方は花をばもの言はずとこそ言ひならはしたれ。されど深き咎にはあらねば、をかしきに讓りつべし。

・誰よりも秋のあはれやまさるらむ聲にたてては鹿ぞ鳴くなる　賴輔

判詞　左、あるごとくきこゆ。をかしく侍り。

・一《ひと》たびは風に散りにし紅葉ばをとなせの瀧のなほ落すかな　有房

判詞　左、をかしく見え侍る。

あくまでも相對對照的に「をかし」いのだから、左右の一首だけでは判然としない嫌ひもあらうが、心詞共に常套を脱してゐるといふ意味はうけとれる。「をかし」が「めづらし」とほぼ同樣な讚辭になつてをり、他の判でも「めづらしからねど」風に、めづらしければもつとよいのだがと、これを暗に望む氣持も見られるし、

・あふことのいつとも知らね戀草やまつにかはらぬ常盤《ときは》なるらむ　教長

判詞　右、めづらしく姿もやさしくきこゆれば、尤も勝ち侍りなむ。

と、これも「戀ひ死なむ」と共に稀なる積極的推奨作の讃辭であるところを見れば、清輔も内心は一種の新風を心の中に逐つてゐたやうだ。もつとも歌學の規範で枷鎖《かさ》を施した詩精神に新風は無いものねだりに過ぎなかつたやうだ。まして清輔自身に幽玄などといふ理念がかたちづくられるほど豐醇な作家的資質はなくこれを實踐具現するにふさはしい天分をもつ歌人も六條家にはゐなかつた。「をかし」「めづらし」は幽玄の內包すべき一要素に過ぎない。

後後、御子左家の新風に達磨歌なる否定的批判用語を冠するのは他の六條家一黨であるが、この視野の狹さ、感受性の鈍さは、やはり顯輔以來のものであり、「經盛家歌合」判詞は彼等の弱點を端的に集約的に反映したものと言へるだらう。ちなみに定家「初學百首」の前年、清輔は既に他界してゐる。この時、弟重家、季經、顯昭揃つて五十歳をやや出た年齒、論客にこと缺かぬとはいへ、すでに重鎭を喪つた六條家は政治的な、特に九條家との繋りによる權威以外は薄れつつあり、時代に先んずる文學的主張は生れる基盤もなかつた。

「思ひあまりそなたの空を眺むれば霞を分けて春雨ぞふる」が『詞花』戀、忠道の「思ひかねそなたの空を眺むれば」を本歌としてゐるかどうかはさだかではない。勿論忠道のは敕撰集入撰歌、俊成のは少くとも『長秋詠藻』編纂時までは極く私的な篋底の歌、公的な場所では辯明の餘地もあるまいが、それはともかく、私はこの戀歌にむしろ後年の式子内親王の後鳥羽院「初度百首」の中の白眉、

花は散りてその色となくながむればむなしき空に春雨ぞ降る

を聯想する。式子の作の本歌は『伊勢』四十五段、六月晦日「暮れ難《がた》き夏の日ぐらしながむればその事となく物ぞ悲しき」とする說もあるが、奇說に近からう。彼女の心の中には本歌とするせぬは別として、俊成の作が搖曳してゐたと考へた方が、より順當ではあるまいか。『長秋詠藻』（一一七八年）、『古來風躰抄』初撰本（一一九七年）、「院初度百首」（一二〇〇年）と成立、制作年次から見ても、さほどかけはなれた空想ではあるまい。よし空想にしても內親王が俊成から受けた影響は、構へて書かれた祕傳書もさることながら、俊成及び御子左家作家のかかる傾向風趣の作にあつた。その意味で霞を分けて降る戀の雨は俊成幽玄の源の記念すべき一掬の水ともなる。『風躰抄』の依賴者「宮」が式子であらうと守覺であらうと、これは當然啓蒙を目的としたものではない。式子あるいは守覺

は引用された七代集秀歌を見ながら、同時にこの書に見えぬ俊成の作を反射的に思ひ浮べてゐたことだらう。「花月百首」や「六百番歌合」の定家、良經による秀歌も、勿論十分承知してゐたにちがひない。そして式子ならばおのづから自分の目でさらに篩《ふるひ》にかけ、ひそかに愛誦歌を撰んでゐたことだらう。歌學についてはさておき、天成の詩質においては俊成も式子の師たる器ではない。幽玄のまことの具現者は訓《をし》へを受けたかに見える内親王であつた。私は『風躰抄』抄出の『千載集』作品中に、

ささの葉をゆふ露ながら折りしけば玉ちる旅の草枕かな　　待賢門院安藝

を見る時、幽玄の眞意の一端に觸れる思ひがする。「久安百首」作者安藝の隠れた秀歌、あるいは一代の絶唱ともいふべきこの歌には明らかに式子に通ずるひややかなよろこび、臈《らふ》たけたかなしみが滿ちてゐる。抄出六百首弱と幽玄はにはかに因果關係を求め得まい。意外の抄出と意外の脱漏は相半ばすると言つてもよい。だがその疑念がこの一首でやうやく霽れるやうな氣持である。殘る一抹の曇りは『千載集』に採つた式子作品九首中、

ながむれば思ひやるべきかたぞなき春のかぎりの夕暮の空
はかなしや枕さだめぬうたたねにほのかにかよふ夢のかよひ路

は、彼女の美質隠れもない作であり、俊成の「霞を分けて」と傾向を同じくするにも拘らず『風躰抄』抄出は避けて、他のたとへば「神山のふもとになれし葵草引きわかれてぞ年は經《へ》にける」等を引いてゐるあたりだ。彼自身、心中自作やこれらの歌をどう評價し、どう位置づけてゐたのだらう。それは續いて花開く定家、良經の新風を見る目にも繫るだらう。俊成も亦、見え過ぎる目をもつゆゑに却つて盲目の人の直感で探りあてる眞を逸した批評家の一人だつたのか。幽玄の純化を庶幾して、その理念の範疇を狹めて行つたのか。あるいは逆にすべてを抱擁しようとして、もつとも愛すべきものを放置してしまつたのか。幽玄は彼の戀歌のやうに霞の彼方の雨、とらへがたく模糊たる心象の翳であつた。

# 6 花の狩・詞の狩

またや見む交野《かたの》の御野《みの》の櫻狩花の雪散る春の曙

建久六年（一一九五年）二月「良經邸五首」歌。『新古今』にはその詞書が見え、これまた數多《あまた》の歌書・評論・口傳に引かれた俊成八十二歳の作であつた。例の「慈鎭和尙自歌合」にも深草の鶉と共に自撰歌七首の中に入れ、慈圓の「田子の浦の波に霞の色さえて春の湊に有明の月」と番へられて持と判じてゐる。判詞に、

「此の右の歌、またしるし奉り侍りしうちなり。これは櫻狩と申す事を人のあしく申すかたの侍れば、事のついでに申し切らむとて、つかうまつれりし上に、少しはよろしきにやと思ひたまへ侍りしを、この左の歌『波に霞の色さえて』といひ『春の湊に有明の月』と侍るこそ、いみじくをかしく見え侍れ。勝と申さまほしく侍れど『交野の御野』もさすがに覺え侍りて同科にてや侍るべからむ。」

と婉曲に、しかし強引に勝を譲つてゐない。制作は深草の鶉からかれこれ四十五年を經て

をり、判詞は二、三年後の事である。櫻狩のことを誤解してゐる向があるとは主として顯昭をさすのだらう。今でこそ、この言葉は單に櫻見、あるいは春に行ふ鷹狩をも踏まへた上での花見と誰しも解してゐるが、當時はたとへば顯昭あたり「さ暗がり」「櫻許《さくらがり》」と曲解主張してゐた。古歌「さくらがり雨は降りきぬ同じくは濡るとも花の蔭にかくれむ」の櫻と花の同心病を救ふ窮餘の論であるにしても、およそ空しいことであり、俊成のことわりも、こうるさい。それはともかく、この歌に對する作者の執著は強い。殊に近作であるから「深草の鶉」のやうな懷舊存念的要素はない。晩年の釋阿俊成の描いた理想像の一つであると見てよからう。

だがこれも果して幽玄の圓周内のどこに位置させればよいのか。艷の上に艷を重ねたこの絢爛たる繪卷物風の一首は、つねづね彼が稱へて來た優も艷も兼備しながら、その艷があまりにも濃厚に過ぎるのではあるまいか。その過差の極みの濃艷こそ、この歌の生命でありながら彼の持論信條からはやはりはみ出すものを感じるのだ。

俊成はこの歌を詠んだ丁度一箇月前に「民部卿經房歌合」に判者として招かれてゐる。總勢五十人近く百數十番に及ぶ大歌合で、たとへば俊成が「心、最もをかし」と評した家隆の「時鳥待つ夜かさなる雲路より初音にかへる去年《こぞ》のふるごゑ」なども含み、地下人、僧侶、女房が多數出席、六條家の顏も見える。もともと「民部卿經房歌合」は六條家一族中心、衆議判の反御子左家的色彩濃厚なものである。清輔の死後、特に治承二年（一一七八年）九月、俊成は「兼實邸歌合」に初めて百首出詠と判を依頼されてより、にはかに擡頭し、次いで翌年十月も同邸大歌合の判をつとめ、建久元年（一一九〇年）良經邸「花月撰歌合」に招かれた頃は押しも押されもせぬ歌壇の權威となり、その三年後の「六百番歌合」ではもはや鬱然たる指導者の地位にあつた。逆に權威を喪ひ席を追はれるに等しい立場となつた六條家が砦の一つとしたのは、この「民部卿經房歌合」であつた。後京極良經邸外の歌合出席も當時の俊成にとつては異例である。彼の心中にはなほ「六百番」の餘燼が煙つてゐた。『顯昭陳狀』の件は強ひて言ふなら本質にはかかはらぬ。それよりも心に翳る大事は他にあつた。既に「花月百首」以來老年の俊成には駿足良經鬼才定家の天馬空を行く新風は手に餘るものとなりつつあつた。「六百番」における俊成の對六條家意識はむしろ爽快である。彼にとつての苦患はむしろ主家兼實及び御曹司良經に對する直言の自己抑制であり、良經、定家歌風への危惧に由來するものであつた。榮耀に餅の皮剝くのたぐひであらうが、この言葉にもならず、發散しやうもない鬱屈は八十を越えた俊成にいささかならずこたへたことだらう。この「民部卿經房歌合」判詞跋にも「たかまの山のたかき仰《おほ》せの時は、はばかりの關のはばかりをなし、龍の口踏む虎の尾のそれにより、思ひてむなしくまかりすぐるを、今このことのついでに思ふ所をも現《あらは》しつるならし」と口籠りながら吐き出してゐる。判詞は六條家歌學再批判を試みつつ一方では狂言綺語諷諫に意を注いでゐるやうだ。

六條家の詠風は既に主流から逸れつつある。これには険しい追討をかける要はあるまい。逆に主流にならうとしつつある良經、定家の斬新に過ぎる發想と手法こそ警戒を要しよう。ふたつながら俊成のうち深く培はれた幽玄と背反するものではなかつたか。しかも後者との齟齬は微妙複雑である。何を以て狂言綺語とし過度の新風とするか。この警戒も一歩あやまてば達磨宗云云の顰みに倣ひ血族嫌悪の泥沼に陥る懼無しとしない。否先に「六百番」判に於ても、この拒絶反應はうかがひ得よう。

「六百番」各百首、良經は勝56持28負16、定家は勝46持32負22であり、表面上は過褒に似る。ただ難がなく右方の作が凡庸であつたからの勝も兩者に共通して少からず、負の場合は兩者共に右方が慈圓及び良經の從兄家房の場合が多いのは判者の深慮によることも考へられる。顯昭が右方に連なつてゐれば定家への風當りは峻烈を極め、俊成の「負けて侍れかし」風判詞も增したことだらう。諸條件諸要因の積重《つみかさ》なる中にも俊成の微妙な心理はうかがひ得る。たとへば次のやうな負、持の場合、右方の論難、俊成判詞の言葉の彩の彼方に新風技法にいささか辟易し、あるいはそれの理解に苦しむ俊成の苦しげな表情は見られないだらうか。

定家　負及び持

遠近《をちこち》に眺めやかはす鵜飼舟闇を光のかがり火の影　　負　右　慈圓

いはひおきてなほ長月と契るかなけふつむ菊のすゑの白露　負　右　隆信
あぢきなし誰も儚き命もてたのめば今日の暮をたのめよ　負　右　慈圓
よしさらば今は忍ばで戀ひ死なむ思ふにまけし名にだにも立て　負　右　家房
面影も別れにかはる鐘の音にならひ悲しきしののめの空　負　右　慈圓
雲かかり重なる山を越えもせず隔て増るは明くる日の影　負　右　慈圓
かぎりなき下の思ひのゆくへとて燃えむ煙のはてや見ゆべき　負　右　慈圓
氷ゐるみるめ渚のたぐひかは上おく袖のしたのさざなみ　持　右　慈圓
心さへまたよそ人になりはてば何か名殘の夢の通ひ路　持　右　寂蓮
故郷《ふるさと》を出でしにまさる涙かな嵐のまくら夢にわかれて　持　右　慈圓
やすらひに出でにしままの月の影わが涙のみ袖に待てども　持　右　慈圓
知らざりし夜深き風の音も似ず手枕うとき秋のこなたは　持　右　家隆
足引の山路の秋になる袖は移ろふ人のあらしなりけり　持　右　寂蓮
遠ざかる人の心は海原の沖行く舟のあとのしほかぜ　持　右　慈圓
袖ぞ今はをじまの海人もいさりせむ干さぬたぐひと思ひけるかな　持　右　隆信

良經　負及び持

夏草のもとも拂はぬふるさとに露より上を風かよふなり　負　右　慈圓
手にならす夏の扇と思へどもただ秋風のすみかなりけり　負　右　慈圓

片山の垣根の日影ほの見えて露にぞうつる花の夕顔　負　右　家房
有りし夜の袖のうつり香消えはててまた逢ふまでの形見だになし　負　右　家房
もの思へば隙《ひま》行く駒も忘られて暗《くら》す涙をまづおさふらむ　負　右　家房
蘆垣の上吹きこゆる夕風に通ふもつらき荻の音かな　負　右　家房
いつも聞くものとや人の思ふらむこぬ夕暮の秋風の聲　負　右　慈圓
人待ちし庭の淺茅生茂りあひて心にならす道芝の露　負　右　家隆
時しもあれ空飛ぶ鳥の一こゑも思ふ方より來てや鳴くらむ　負　右　家房
うち解けて誰《たれ》に衣を重ぬらむまろが丸ねも夜深きものを　負　右　經家
見ぬ世まで思ひのこさぬながめよりむかしに霞む春のあけぼの　持　右　慈圓
遠方やまだ見ぬ嶺は霞にてなほ花おもふ志賀の山越　持　右　家房
もの思はでかかる露やは袖におく眺めてけりな秋の夕暮　持　右　慈圓
龍田姫今は頃の秋風に時雨をいそぐ人のそでかな　持　右　慈圓
知らざりしわが戀草や茂るらむ昨日はかかる袖の露かは　持　右　慈圓
戀しとは便りにつけていひ遣《や》りき年は還りぬ人は歸らず　持　右　慈圓
君がりとうきぬる心迷ふらむ雲は幾重ぞ空の通ひ路　持　右　家隆
人待つとあれ行く閨のさむしろに拂はぬ塵をはらふ秋風　持　右　寂蓮

負、持の計、定家は五十四首、良經は四十四首の中から、判の如何を問はず秀歌と呼ぶべきもの、あるいは佳作と目されるが、奇抜斬新な發想技法は好悪兩様のリアクションを誘つたであらう作を撰んで列記した。勿論勝歌の中にもこの綺語傾向は明らかであり、また一方勝つべくして勝つた名歌もあるにはある。

定家

霞みあへずなほふる雪に空とぢて春ものふかき埋火のもと　勝　右　隆信
袖の雪空吹く風も一つにて花に匂へる志賀の山越　勝　右　家隆
仄かなる霞のすゑの荒小田に蛙も春のくれ恨むなり　勝　右　經家
風通ふ扇に秋のさそはれてまづ手なれぬる閨の月かげ　勝　右　家隆
月ぞ澄む里はまことにあれにけり鶉の床をはらふ秋風　勝　右　寂蓮
唐衣裾野の庵《いほ》の旅まくら袖より鴫《しぎ》のたつ心地する　勝　右　慈圓
一年《ひととせ》を眺めつくせる朝戸出に薄雪凍る寂しさのはて　勝　右　隆信
なびかじな蜑《あま》の藻鹽火たきそめて煙は空にくゆりわぶとも　勝　右　隆信
面影は敎へし宿に先だちて答へぬ風の松に吹くこゑ　勝　右　隆信
たのめぬを待ちつる宵もすぎはててつらさとぢむる片敷の袖　勝　右　經家
人ごころをだえの橋にたちかへり木の葉ふりしく秋のかよひ路《ぢ》　勝　右　經家

鴨のゐる入江の波をこころにて胸と袖とにさわぐ風かな　勝　右　寂蓮
主やたれ見ぬ世のことをうつしおく筆のすさびにうかぶ面影　勝　右　寂蓮
忘れずば馴れし袖もやこほるらむ寝《ね》ぬ夜の床の霜のさむしろ　勝　右　隆信

良經

うたた寝の夢より先に明けぬなり山郭公《やまほととぎす》一こゑのそら　勝　右　寂蓮
重ねても涼しかりけり夏衣薄き袂にやどる月かげ　勝　右　家隆
はかなしや荒れたる宿のうたた寝に稲妻通ふ手枕《たまくら》の露　勝　右　寂蓮
浪よする澤の蘆邊をふしわびて風に立つなり鴫の羽根掻《はねが》き　勝　右　家隆
清水漏る谷のとぼそも閉ぢはてて氷を敲《たた》く峯の松風　勝　右　慈圓
生けらばと誓ふその日もなほ來ずば邊《あた》りの雲をわれと眺めよ　勝　右　隆信
波ぞよるさてもみるめはなきものを恨みなれたる志賀の里人　勝　右　經家
月やそれほの見し人の面影をしのびかへせば有明の空　勝　右　經家
袖の上になるるも人の形見かはわれと宿せる秋の夜の月　勝　右　經家
末の松待つ夜いくたび過ぎぬらむ山越す波を袖にまかせて　勝　右　經家

當然の勝を得た名歌は、この他である。すなはち祈戀の定家「年も經ぬ祈るちぎりは初瀬山尾上の鐘のよそのゆふぐれ　右家隆」、良經「幾夜われ波にしをれて貴船川袖に玉散

るもの思ふらむ　右寂蓮」は、その最たるものであり、なほ良經の「空はなほ霞みもやらず風さえて雪げにくもる春の夜の月　右寂蓮」、「忘れずよほのぼの人を三島江のたそがれなりし蘆の迷ひに　右隆信」等はこれに準ずる。また負歌もたとへば定家の「霞かは花うぐひすに閉ぢられて春にこもれる宿のあけぼの」は、右が家隆の「霞立つ末の松山ほのぼのと波にはなるる横雲の空」であり、判で難じられた「霞かは」の弱點拔きにしても家隆一代の秀作にはかなふべくもない。このやうな顯著な負、持も一切除いた。それにしても右方作者名を見る時、思ひ半ばに過ぎるものはないか。兩者とも負と持の過半數は相手が慈圓と家房、勝の場合にこの二人の名はほとんど見られず、大半が隆信、經家、次に寂蓮、家隆である。判者が作者の對貴顯・長上と對同輩・目下《めした》の關係に涙ぐましいほど配慮してゐるのが一目瞭然と言へよう。それは判詞にも微妙に反映する。その不如意は夙に承知の上ながら、これに綺語嫌惡、新風獨走牽制の心理が絡まる。定家には「負けて侍れかし」と言へても良經には言へないだらう。

世には通例、良經を定家の對照もしくは對極におき、一方を清麗閑雅、一方を妖艷晦澁と見なし、甚しきにいたつては良經然らずんば定家の二者擇一を試みるやうな說が行れるやに見うける。式子內親王對俊成卿女にも、この傾向は多分にあるやうだ。だが良經はたとへばこの「六百番」作品を一覽しただけでも大膽な詞句の斡旋、人の意表を衝く奇想に關して定家の弟たりがたい凄じさである。決して單に定家に煽られかつは心醉しての冒險などではない。特に建久二年（一一九一年）以後、數度の伊呂波歌や古歌一首頭韻の鎖歌などではむしろ定家を煽り唆すかの趣が著しい。

俊成の苦慮も、この邊に兆してゐたものと思はれる。『千載集』約千三百首から、引用の定家、良經約六十首に目を轉ずる時、俊成ならずとも危惧、幻惑こもごもに感じよう。もはや和歌は止めるすべもない變貌を示してゐるのだ。發想も美學も過去七代集からははみ出し、淸輔、顯昭ラインは勿論、そもそもは新風の生みの親であつた俊成すら眩惑と反撥をこもごも覺えるまでの異風の文體を示しつつあつた。

定家、良經の作中に見える、たとへば「闇を光のかがり火」「上おく袖のしたのさざなみ」「嵐のまくら」「わが涙のみ袖に待てども」「手枕うとき」「移ろふ人のあらし」「袖ぞ今は」「露より上を風かよふ」「秋風のすみか」「露にぞうつる花の夕顏」「暗す涙をまづおさふ」「むかしに霞む」「時雨をいそぐ人のそで」「拂はぬ塵をはらふ秋風」「扇に秋のさそはれて」「鶉の床をはらふ秋風」「袖より鳴のたつ心地」「薄雪凍る寂しさのはて」「答へぬ風の松に吹くこゑ」「つらさとぢむる」「胸と袖とにさわぐ風」「稻妻通ふ手枕」「氷を敲く」「山越す波を袖にまかせて」等等、一首毎にショッキングな修辭の示威が立ち現れるのだ。しかも虛心に見れば決して單なる示威や裝飾ではない。在來の規範的作品及び作家が見ようとしなかつたものを見、時代の底、魂の淵に臨まうとする時、かく歌はねば他に道のない必然性に支へられてゐたのだ。俊成の直言回避とこれに伴ふ自己嫌惡はそれゆゑに彼の內部でくすぶりつづける。單なる奇矯と頽廢ならばたとへ相手が九條家であらうと最愛の息子であらうと彼ならば直諫をためらはなかつたはずである。機會は「六百番歌合」以外にもあらう。方法は判詞以外にも當然あり得る。俊成を口籠らせたのは下剋上的な、しかも痛切に今日を追求する彼等の詩精神であつた。六條家歌學一掃など第二義第三義に屬する。王朝和歌起死同生の劇毒をいかに評價し、いかに遇するかが焦眉の問題となりつつあつたのだ。

狂言綺語、俊成の心の底には恐らくみづからの舊い青春の記憶が去來してゐたらう。二十五歲で初めて基俊の門に入るその數年前、彼は「爲忠家百首」に二度にわたつて參じた時、仲正、賴政、爲忠、爲盛らに追隨同調して昂然と不羈奔放、危く奇矯に墮する歌の數數をなしたことがある。若氣の過ちとは思ふまい。二十を越えたばかりの顯廣にとつてそれはかけがへのない眞實であつた。ただその時の作を思へば腋の下に冷汗が傳ふ。かやうなものは『長秋詠藻』には一首たりとも收め得なかつた。すなはちそれらの一端を記せば、

ささ栗やくぬぎ交りのをばやしにあないぶせげの花のありかや　林中櫻
風の音も岩のけしきも寄る浪もあらき磯邊にいかに櫻ぞ　磯邊櫻
たたくなり是は水鷄《くひな》の音ならむよひにぞ人はとはばとはまし　寤寐水鷄
あやなしなさりとて秋のこなたかはいさききいれじ荻の上風　隣家荻

もしやとぞ待ちわたりつる郭公鳴きけりやさは今はたづねむ　人傳郭公
吹きおろす春のあらしや寒からむかすみの底によぶこ鳥かな　谷中呼子鳥
筏師《いかだし》もみなれにけらしみなれ棹さすにも鴛《をし》のさわぎげもなし　河上水鳥
いしたつる片岨《かたそ》に伏せるはひ櫻下ゆく水に根や浮きぬらむ　池岸櫻

題を廻しに廻し今様さながらの俗語のひびきを寫すこれらの作品の異様な力。「あないぶせげ」「いかに櫻ぞ」「鳴きけりやさは今は」「かすみの底に」「さわぎげもなし」「片岨に伏せるはひ櫻」新奇に似て粗野、革新を志しつつ雜駁、ためにする示威反逆の他の何ものにもあらずと保守派は口を極めて罵らう。罵られたなら、その時俊成は肩肘を張つて衰微に瀕した殿上和歌の蘇生はこのやうな方法意識を以て試みねばならぬ必然性を滔滔と述べたかも知れぬ。基俊に敎へを乞うて二、三年後の「述懷百首」にはもはや「爲忠家兩度百首」の面影は全くない。粗は精に、俗は雅にものの見事に變質昇華しおほせた。しかしこの變貌は同時に革新冒險の牙も拔かれたことを意味する。

定家、良經の狂言綺語に對してあびせかけられる左右からの、特に右方からの「心得ず」「心得がたし」「心ゆかず」の聲を紙の上に聞きつつ、俊成は複雜な感懷に面を歪めたにちがひない。「寄風戀」十六番定家の「手枕うとき秋のこなたは」も心得ぬの一語で葬り去られようとした。「秋のこなたは」とは身に覺えのある措辭、俊成は沈思のすゑ、うやむやに家隆と持にしてはしまつたが、彼の内心は難ずる右方、主として顯昭にもこのやうな達磨歌をこれみよがせに突きつけた定家にも憎惡を感じてゐたらう。經家の作には「平懷なり」を連發してほとんどを負判にした。心中またひそかにこれが定家の作でないことを、あるいは口が腐り筆を折つても、このやうな腰折歌をわが子やその庇護者である良經が歌はぬであらうことを誇りとしたことだらう。

後年、後鳥羽院は良經を「故攝政は、たけをむねとして諸方を兼《か》ねたりき。いかにぞや見ゆる詞のなさ、歌ごとに由《よし》あるさま不可思議なりき」と評する。他はともかく「いかにぞや見ゆる詞のなさ」とは、この「六百番」歌をも含めての感であらうか。定家への「こころあるやうなるをば庶幾せず」とは綺語と不遜への彈劾であるが、人が變れば綺語も至當となる。言葉は重寶であり同時に兩刃の劍、その刃は今や歌壇の長老、重鎭である俊成の胸元に閃く。歷史は繰返す。しかしながら王朝の榮光は二度と還りはすまい。和歌も恐らくは若者らの超絶技巧の自家中毒を以て凄じい終末の榮耀を示現しつつ亡びよう。「またや見む」とは絢爛たる禁野の宴であると同時に俊成が念念の圓滿具足の歌境、心詞共に優にして艷、「深草の鶉」、「面影の花」を經てここに至つた散華の相であつた。この彼岸の景色を彼は彼ひとりのみ恍惚と眺めてゐたのだ。をかしさ珍らしさを逐ふ青年、壯年のヌーヴェル・ヴァーグの潮騷に地獄耳を欹《そばだ》たせながら、「またや見む」すなはちまた見ることもかなはぬと、この美と秩序全き小世界に首まで浸つてゐたのではあるまいか。

# 7 幽玄有限

俊成が彼のクレドを成文として少くとも三度は繰返してゐることは、衆知のやうである。すなはち、

・建久六年「經房歌合」跋

「大方は歌は必ずしも繪の處のものの色々の丹《に》の數を盡くし、作物司《つくもづかさ》の工匠《たくみ》のさまざま木の道を彫り据《ゑ》ゑたる樣《やう》にのみ詠むにはあらざる事なり。ただよみもあげ、うちもながめたるに、艶にもをかしくもきこゆる姿のあるなるべし。たとへば在中將業平朝臣の『月やあらぬ』といひ、紀氏の貫之『雫に濁る山の井の』などいへるやうによむべきなるべし。」

・建久八年『古來風躰抄』

「歌のよきことを言はむとては、四條大納言公任の卿は『金《こがね》の玉の集』と名づけ、通俊卿の『後拾遺』の序には『詞《ことば》、繡《ぬもの》のごとくに、心、海よりも深し』など申したためれど、かならずしも錦、繡のごとくならねども、歌はただ讀み上げもし、詠じもしたる

に、なにとなく艷にもあはれにもきこゆる事のあるなるべし。もとより詠歌といひて、聲につきてよくもあしくもきこゆるものなり。」

・建久末年頃「慈鎭和尚自歌合」十禪師十五番判詞

「おほかたは歌はかならずしもをかしき節をいひ、事の理《ことわり》を言ひ切らむとせざれども、もとより詠歌といひてただ詠《よ》みあげたるにもうち詠《なが》めたるにも、なにとなく艷にも幽玄にもきこゆる事あるなるべし。よき歌になりぬれば、その言葉・姿の外に景氣の添ひたる樣なる事のあるにや。たとへば春花のあたりに霞のたなびき、秋の月前に鹿の聲を聞き、垣根の梅に春の風の匂ひ、嶺の紅葉に時雨のうちそそぎなどする樣《やう》なる事の泛《うか》びて添へるなり。常に申すやうには侍れど、かの『月やあらぬ春や昔の』といひ『掬《むす》ぶ手の雫に濁る』などいへるなり。なにとなくめでたくきこゆるなり。

かやうなる姿・詞に詠み似せむと思へる歌は近き世にありがたきことなるを、この近き年よりこのかた見え侍る御百首ども、且《かつ》はこの御歌合などこそまことにありがたきこととは見え侍れ。すべてこの道は、いみじく言はむと思ひ、ふるきものをも見盡さむなどするにも、更によらざるべし。且はただ前《さき》の世の契なるべし。」

ものものしい重代の祕傳書の帙を繙き卷をめぐらして見たら、中央に一字「空」とあり、これによつて大悟したなどといふ插話の類とこのクレドも大差はない。そして私にはこれで悉皆理會は到底不可能である。三つの文中の、「艷にもをかしくもきこゆる姿」が

「なにとなく艶にもあはれにもきこゆる事」に變り、それが「なにとなく艶にも幽玄にもきこゆる事」に落著く微妙な推移を重要視するのも事大主義めく。三度とも出てくる「艶」こそ彼にとつては「幽玄」と竝び幽玄よりもやや重い美的要素であつたのかと思ひもする。三度目に初めて出てくる「幽玄」はすなはちここで彼の持論がこの一語に結集したものと見ようか。ではなぜそれに先立ててわざわざ艶を強調したのだらう。

　月やあらぬ春やむかしの春ならぬわが身ひとつはもとの身にして　業平
　掬ぶ手のしづくににごる山の井のあかでも人に別れつるかな　貫之

『古來風躰抄』にはもとより、「古三十六人歌合」（「俊成三十六人歌合」）にも選び、ここでもまた二度念を押すやうに掲げる彼の讃仰《さんがう》おくあたはぬ愛誦歌である。これと曰くつきの自讃歌「深草の鶉」こそ彼の生涯理想とするいはゆる幽玄の典型であつたと見てよからう。まことにこれらは「をかし」「あはれ」では盡し得ず、さらに艶以外の何ものかを含む秀歌であり、つひに深い思ひをこめて幽玄と言ひ直さねばならぬところもあらうか。
　俊成はその判詞に「優」を二百七十九回用ゐたと言ふ。一方「幽玄」は引用文以外には作品に卽して十四回とされる。彼はいかなる歌にそれを感じ取つたか。

冬がれの梢にあたる山風のまた吹くたびは雪のあまぎる　「慈鎮自歌合」
津の國の難波の春は夢なれやあしの枯葉に風渡るなり　「御裳濯河歌合」
あくがれしあまの河原と聞くからに昔の浪の袖にかかれる　同
心なき身にもあはれは知られけり鳴立つ澤の秋の夕暮　同
風吹けば花のしら雲やや消えてよなよなはるるみよし野の月　「千五百番歌合」
しら露に扇を置きつ草の原おぼろ月夜も秋隈《くま》なさに　「撰歌合」
匂ひくる梅のあたりに吹く風はつらきものからなつかしきかな　「御室撰歌合」
茂き野と荒れはてにける宿なれや籬の暮に鶉鳴くなり　「六百番歌合」
うち寄する波より秋の龍田川さても忘れぬ柳蔭かな　同
なには潟朝こぎゆけば時鳥聲をたかつの宮に鳴くなり　「新羅社歌合」
葛城や菅《すが》の葉しのぎ入りぬともうき名はなほや世にとまりなむ　「廣田社歌合」
漕ぎいでてみおき海原みわたせば雲ゐのきしにかかる白波　同
武庫の海をなぎたる朝に見渡せば眉も亂れぬあはの島山　同
うちしぐれものさびしかる蘆のやのこやの寝覺に都こひしも　「住吉社歌合」
うちよするいそべの波の白ゆふは花ちる里のとほめなりけり　「顯輔歌合」

右のうち「御裳濯河」西行の「津の國」「あくがれ」は二首一對として「ともに幽玄の

躰なり」で持になつたものだ。またこれら幽玄と評されたもの、かならずしも勝とはなつてゐない。高名な西行の「鴫立つ澤」など「こころ幽玄に、すがたおよびがたし」とまで絶讃しながら「詞あさきに似て心殊に深し」で濟ませた左歌の方を勝としてゐる。おそらく「あはれは知られけり」と言つてしまつた淺さを採らなかつたのだらうが、それなら深草の鶉の「身にしみて」と大差はあるまい。「六百番」寂蓮の鶉も負、良經の「龍田川」は持であつた。他はともかく「御裳濯河」のやうな純自歌合の場合は第二義的な配慮や挨拶は全く無用なのだから、俊成の評價はいつはりのないところであらう。

だが判詞「幽玄」を絶對視するのも再考三考の要がある。彼の再言にある通り、歌の姿なるものはあくまで「なにとなく」感得可能なので、時と處と其他要因によつて當然變化流動するのだ。たとへば彼の生涯の判をことごとく洗ひ直し新規に判詞を添へたとするなら、果してどれほど舊と一致するか。かつて「あはれ」と稱したものが「をかし」に、「優」と評したものが「たけ高し」に、あるいはそれぞれ逆になることも多多あらうし、勝負判定にしたところで一切の拘束を除いたなら逆になることも當然考へられよう。「六百番」定家對慈圓の持など、ほとんど勝に變つてもよい。

歌合などを前提としなくても一首の作品に否あらゆる藝術作品に絶對的な價値判定の可能なはずもなく、また批評用語も當然極端な悲喜哀歡美醜善惡を表すものでないかぎり、その差異は曖昧なものであらうし、あつてよいのだ。幽玄評の十五首中六首まで秋、一首冬。また海上遠望風の眺めを歌つたものが五首を占める。幽玄を醸成する條件としては誰しもが考へることだらうし、俊成の感じ觀ずる幽玄はある程度限定され固定化したものとつて大過はあるまい。はたまた俊成幽玄の意圖するところを彼同様に否それ以上に理會して、その上で彼に代つて總當りに俊成判作品を洗ひ直したなら、幽玄が果して一致するかどうか。主觀の差はおどろくべき結果を見せることにもならう。とまれ幽玄は俊成にとつても作品そのものにとつても、引いては現代のわれわれにとつても、決して最終的な美的理念のよりどころではない。至上の榮冠でもまして免罪符でもあり得ない。定家などは別の見地からこれを透視し逆に非幽玄をひそかに狙つてゐたのではなからうか。「六百番」で俊成が定家の作に繰返して言つた「心にこめて詞にたしかならぬ」表現方法と文體こそ定家の思惑に他ならぬ。『無名抄』に言ふ、

「昔はただ花を雲にまがへ、月を氷に似せ、紅葉を錦に思ひ寄する類を、をかしき事にせしかど、今はその心いひ盡して雲の中にさまざまの雲を求め、氷にとりて珍しき心ばかりを添《そ》へ、錦に異なるふしを尋ね、かやうに安からずたしなみて思ひ得《う》れば、珍しき風情は難《かた》く成り行く。まれまれ得たれども昔をへつらへる心どもなれば、いやしくくだけたる様なり。」

この極限狀況、その限界を破る超絶技法が定家あるいは良經の焦眉の關心事ではあつた。昔をへつらひ、いやしくくだけるのは亞流のわざである。彼らは創始者たらねばなら

なかつた。俊成幽玄から出た藍よりも青い青、たとへ達磨宗と罵られようと血族嫌悪の倒錯した諷諫を受けようと、冒険を避けてゐては彼らの時代、終末の世の悲惨な榮光は表現不能であつた。「定家十躰」はその内部葛藤によつて生れた苦肉の策だつた。定家は新十躰を稱へ「幽玄様《いうげんやう》、事可然様《ことしかるべきやう》・麗様《うるはしきやう》・有心躰《うしんてい》・長高躰《たけたかきてい》・見様《みるやう》・面白様《おもしろきやう》・有一節様《ひとふしあるやう》・濃様《こまやかなるやう》・鬼拉躰《きらつてい》」に分つ。ここでは「幽玄」は歌の包括的な美のかたちではなく十分の一たる一要素に變へられる。『毎月抄』では中の「幽玄様・事可然様・麗様・有心躰」の四様躰を「もとの姿」と稱し、これが出來れば「長高様・見様・面白様・有一節様・濃様」の五つはいとやすく、もつともむづかしいのは「鬼拉躰」であると力説する。

承久元年（一二一九年）七月五十八歳の定家が二十八歳の初學者家良に贈る一種の啓蒙書であることも、家良の父が六條家生殘りの、「樗《あふち》咲く外面《そとも》の木陰露落ちて」を代表作の一つとする歌人であつたことも考慮に入れるべきであるが、この見事に割切れた抽象論がどれほどの說得力を持つだらう。なるほどたとへば「樗咲く」は少くとも鬼拉躰でないことだけは判然としよう。濃様・面白様・有一節様にもやや遠からう。しかし殘りの六躰ならどれとでも言へようし、幽玄・有心と強辯することも多多可能である。定家はここでは鬼拉躰を祕傳中の奥傳風にものものしく稱へながらまた一方では、「さてもこの十體の中に、いづれも有心躰に過ぎて歌の本意《ほんい》と存ずる姿は侍らず」「よろしき歌と申し候は歌ごとに心のふかきのみぞ申したる」と次第に「有心躰」をクローズ・アップし、「戀、述懐などやうの題を得ては、ひとへにただ有心の躰をのみよむべしとおぼえて候」とここに止めを刺す。定家の縷説はつひに有心躰提唱に歸著する。

様式概念の一となつた幽玄は詩學理想としての有心とはもはや次元を異にする。彼はさらに言葉を繼ぎ、聲高く『毎月抄』中の有名な有心論のコーダを飾る。

「さても此の有心躰は餘の九躰にわたりて侍るべし。其の故は幽玄にも心あるべし。長高にもまた侍るべし。殘りの躰にもまたかくの如し。げにげにいづれの躰にも實《まこと》は心なき歌はわろきにて候。今此の十躰の中に有心躰とていだし侍るは餘躰の歌の心あるにては候はず。一向有心の躰をのみさきとしてよめるばかりをえらび出だして侍るなり。いづれの躰にても、ただ有心躰を存ずべきにて候。」

幽玄は瘦せ細る。限定されながら具體例は引用至難となるくらゐに特殊化される。「幽玄の詞に鬼拉の詞などをつらねたらむは、いとみぐるしからむ」と言ふにいたつては十躰の個個は一首の姿ではなく、五つの句あるいは上下二句の部分の現す感じに無理矢理呼稱を冠し細分化を試みることになつてしまはう。そしてこの警戒文はいみじくも有心への昇華統一も細分化も、單なる抽象論に墮するおそれのあることを告白してゐるのだ。五つの句が五つの様と躰とを匂はせつつ一首を形成し、一首は不得要領躰になることもあらう。さらに上が幽玄、下が長高一首は濃様となる場合も當然あり、十躰卍巴に絡み合ふかに見えて實は鬼拉となる例が定家の若書などには殊に多いやうだ。幽玄は、俊成の幽玄は少くとも悲願であり、それは稱名に似て切なく、摑みがたいものながら以心傳心感得可能であつた。定家の十躰、これを有心に集約した詩學は、とどのつまり聖なる空論である。幽玄の要諦として俊成が憧れるやうに呟いた「景氣」さへ定家にとつては有心にいたるためのエテュード中の一要素にすぎない。

承久元年（一二一九年）、それは俊成逝いて十五年後のこと、定家は三年前『拾遺愚草』を自撰し、『新古今』も延延たる切繼《きりつぎ》を一應終つて家長の淨書まで漕ぎつけた頃であつた。「内大臣家百首」、「春日同詠百首」、「韻字百首」等計七百首近い作品をこの建保期に生み、すでにこの頃彼の心中には後の『新敕撰』の理想たる花よりも實の、新しくて實は古いクレドが兆していた。しかもなほ歌自體は妖艶鬼拉の躰華やかに亂れ咲く。六條家は實質的に絶滅し、後鳥羽院の心は夙に鎌倉討伐に傾いてゐた。定家の鬪ひはおのづから對自己に移り、それは無間地獄に等しい。かつて俊成はその悲慘を見ず觀ぜず、幽玄卽正統サンボリスムに彼岸を見て自足し得たのか。否俊成には見え過ぎたのであらうか。彼にとつては幽玄の來し方行く方もさることながら、このメタフィジックの世界をも左右しようとする現世の事件が焦眉の問題となつてゐた。

九條家を失墜させた通親の政變は「六百番歌合」の三年後である。『玉葉』中の「獅子身中の蟲」は劇毒をもつ蠍のたぐひであり征夷大將軍頼朝さへ彼の魔手に翻弄される老虎に過ぎなかつた。建久七年（一一九六年）、通親、兼實共に四十八歳、頼朝五十歳、後鳥羽天皇十七歳、釋阿俊成八十三歳、定家三十五歳、良經二十八歳、慈圓四十二歳。賴朝は通親クーデターの好餌となつただけで大姫を喪ひ親幕派兼實は關白を罷免された。加へて彼の意に反し後鳥羽帝は退位、土御門天皇が實現する。政變三年後、死の直前賴朝は兼實に宛てて「今年必ずしづかにのぼりて世の事沙汰せむと思ひたり。よろづの事存じの外に候」と書き送つてゐる。まさにすべて「存じの外」、權力の刃物を持つ者らの追ひつ逐はれつは俊成にとつても全く考慮の外、天災地變のたぐひであつた。歌、それ以外にいかなる武器も持たぬ貧乏貴族は所詮彼等の浮沈に連れて一喜一憂する弱者に過ぎない。八十年の過去はそれに對する怨恨と恐怖と諦觀に充ち滿ちてゐる。この生生しく腥く苛烈な現實を前にして何が詞華、何が幽玄であらう。

「院初度百首」はその暗澹たる視界に射す一條の光であつた。詩歌の無力、詞華の虚妄を知り盡すゆゑになほ俊成は今生の思ひ、畢生の希求をこの一すぢに賭けねばならなかつた。

荒れわたる秋の庭こそあはれなれまして消えなむ露の夕ぐれ

翌翌年「千五百番歌合」（「院三度百首」）中の俊成のこの一首ほど彼の形而上形而下の苦惱、幻滅、その後に澄む虚無の光を感じさせる歌が他にあらうか。これこそ彼が一生をかけて勝ち得た幽玄の極致ではなかつたらうか。

# 8 夜の鶴・笹の露

をざさ原風待つ露の消えやらでこのひとふしを思ひおくかな

建仁二年（一二〇二年）俊成は九十の賀の前年三月咳病が重り、春の終りまで呻吟し續けた。定家はほとんど連日父を見舞ひに訪れてゐる。『新古今』の詞書「病かぎりにおぼえ侍りける時、定家朝臣中將轉任のこと申すとて、民部卿範光がもとにつかはしける」はこの頃のことだらう。その年の晩秋には「千五百番歌合」判者の一人に加へられてをり、翌年霜月には矍鑠として賀を受け、なほ翌年命終の年にさへ「祇園社百首」を詠みおほせてゐるのだから、結果的には大事に到らなかつたのだが、それにしてもこの一首はあたかも絶詠さながらの趣がある。勿論末期《まつご》の豫感は始終彼の心を横切つてゐたらう。さらに彼の哀訴陳情の作はつねにパセティックであつた。それも彼自身に關ることでなく、息定家の浮沈を左右する時の歌は悲痛を極める。

そもそも文治元年（一一八五年）定家二十四歳十一月下旬の脂燭《しそく》打擲《ちやうちやく》事件に絡まる陳

訴の昔から約三十年、彼は事定家に及べば俄然白髪を振り亂して立上る。

「先日所ニ令レ申候一之拾遺定家仙籍事　尚此旨可レ然之様可下令ニ申入一給上之由存候也　且年少之輩各如ニ戯遊一事候　強不レ可レ及ニ年月一候歟　而年已及ニ兩年一春又屬ニ三春一了　愁緒難レ抑候者也

あしたづのくもぢまよひし年暮れてかすみをさへやへだてはつべき

不レ堪ニ夜鶴之思一獨件ニ春鶯之鳴一者也　且垂ニ芳察一可然之様御奏聞所ニ庶幾一候也　恐惶謹言」

左少辨定長に宛てて譴責赦免の奏聞を依頼した三月六日附のこの書狀は有名である。これには後白河院の命で定長が「あしたづはかすみをわけて歸るなりまよひし雲路今日や晴《は》るらむ」と返歌し間もなく還昇されてゐるし、一方「消えやらで」の哀訴に對しては後鳥羽院が「をざさはらかはらぬ色の一ふしもかぜまつ露にこやはつれなき」と應へてその年閏十月に中將に任じてゐる。不惑眼前の息子のために米壽過ぎた父の老翁が切切とその昇進を懇請する様はかなり異様である。過保護も極れりといったところであらう。「述懐百首」でみづから試みたことを俊成は定家のために生涯繰返したのだ。「千五百番」(「院三度百首」)にも彼は、

なほさそへ位の山の喚子鳥昔の跡を絶たぬほどをば

とほととぎすにさへ託して定家卽御子左家への叡慮を冀ひ、雜歌の十首に所謂雜歌的なものはほとんど無く、大方は「君が八千代」を祝ふ賀歌で占められ、その他は「春日山さりとていかが賴まざるべき」とか「たえせぬ水の心をぞ知る」とか意味深長に願望を祕めた歌となつてゐる。歌壇の長老の歎願には當時二十二、三歳の後鳥羽、苦笑しながら否と言ふすべもなかつたらう。もし俊成が早く世を去つてゐたら院と定家の間は夙に險惡なものになつてゐたかも知れない。歌人としての定家は重用しても身分に關しては殆更に顧みぬくらゐの惡意は示したのではあるまいか。老練敏感な俊成は誰よりもよくこの事情を察し案じてゐたはずである。そして彼の豫想は過たなかつた。定家が院の御點歌を誇り歌の善惡のわかるのは自分一人だと稱してゐる由を家長が讒言したのは、俊成の死の三箇月前のことであつた。院は決して讒言などとは思つてゐなかつたらう。讒言にしたところでさう言はれても仕方のない素地は十分あつたのだ。しかし露骨な對立をここまで引延したのは一に俊成の父性愛、常軌を逸したとも考へられる執拗な訴願のたまものであつた。「あしたづ」の歌人訴狀と「をざさ原」の請願の間には、これまた高名な「正治奏狀」がある。「院初度百首」の歌人撰出に際して六條一門と通親の策謀のため當然入れられねばならぬ定家、家隆、隆房が締出されたことへの彈劾陳情文であり、形式は院側女房に差出す假名文奏狀である。單なる御子左家宣傳文ではなく、また六條家漫罵でもない。定家が

「ただ權門物狂ひなり、彈指すべし」と口角泡を飛ばしている間に、俊成は百首歌應制の故事を引き「尙齒會と申す事をこそ年老いたる者ばかり仕る事にて候へ。百首歌には次第さらに候はぬ事に候」と四十歳以下除外の沙汰を諷し、『詞花集』等を例に六條家歌學の虛を衝く等、理路整然とメンバー再考の直訴を企ててゐた。柔剛兼備へた彼の運動に靑年後鳥羽はまたたちまち動かされる。專門家、長老の意見を素直に受入れる院の態度は快い。そして院は旣に『千載集』入集の定家らの作、「六百番」前後の斬新な詠草に共鳴もしてゐたのだ。假にこれが逆で六條家をシャット・アウトし顯昭が憤激してゐた場合、勅許があつたかどうかは疑問である。守覺法親王が顯昭に一臂の力を貸したところで無駄ではなかつたらうか。

俊成の執念は怖るべきものがある。長壽もそれによるものであらう。この紛糾を極めた「初度」の後、「千五百番」の判詞も果さず通親が急逝したのも亦彼の呪詛と言ひたいほどである。死者に鞭打つのは烏滸の沙汰ながら彼の死は九條家、御子左家の怨念の然らしめるところであらう。少くとも兼實と俊成は心中快哉を叫んだはずである。ただ一方その呪詛の呪禁と言はうか、通親が遺した當時三歳の嬰兒は後の道元であつた。彼を養つたのは次兄通具であり、その最初の妻は俊成卿女、十三年前の建久元年（一一九〇年）、彼女が二十歳前後のことであつた。

その通具が俊成の孫にして養女俊成卿女を離別して從三位按察局を迎へたのは三年前久

我家が榮華の頂點に達した時期であつた。彼女が後鳥羽院に和歌堪能のゆゑに召されたのが、事多いその建仁二年（一二〇二年）七月、寂蓮の死は同月、守覺の死は翌月、件の通親は十月に歿し、まことに悲喜明暗絡み合ふ一年であり、俊成の二年後の長逝は見るべきものこのことごとく見盡し存念を遂げた後の滿ち足りたものであつたらう。殘すかすかな憾みは定家の世事に拙い生き様のみ。俊成の「この一ふしを思ひおく」その名殘はしかし彼が百まで生きたとて同じ事であり、まかりまちがつて承久まで存へたなら悲歎に身を揉まねばならなかつたらう。

もつとも反面を見れば俊成のこれほどの苦慮にも拘らず定家は文治五年（一一八九年）二十八歳で少將になつてから、問題の中將になるまでに十五年近い悶悶の日を送つてゐる。任中將も亦かならずしも俊成の熱意の賜物とばかりも考へられまい。任中將閏十月、通親の死その一箇月前といふ事實は時の利がやつと廻つて來たことを推測させる。定家自身も任少將の二年前には、

むれてゐしおなじ渚の友鶴にわが身一つのなど後《おく》るらむ
こす波の遺りを拾ふ濱の石の十とてのちも三年すぐしつ

と歎き、任中將の前年には、

そなれ松しづ枝《え》やためしおのれのみ變らぬ色に波の越ゆらむ
歎かずもあらざりし身のそのかみを羨むばかり沈みぬるかな

なる鬱屈を洩らす作がある。だが勿論かつての俊成の述懐よりさらに婉曲、内攻的で外に訴へる力は無い。ただ少將になつた時、母美福門院加賀が、

三笠山みちふみそめし月影に今ぞ心の闇は晴れぬる

と歌つてゐるのはあはれである。彼女はその五年後、七十歳前後で歿した。その年の秋父子はかたみに彼ら一代の作中でも屈指の悲歌を詠んだ。

まれにくる夜半も悲しき松風を絶えずや苔のしたに聞くらむ　俊成
たまゆらの露も涙もとどまらずなき人戀ふる宿の秋風　定家

『新古今』哀傷歌俊成の歌の詞書は「定家朝臣母身まかりて後、秋の比《ころ》、墓所に近き堂にとまりてよみ侍りける」とあり、『長秋詠藻』では「またの年二月十三日、忌日に法勝寺

に泊りたる夜、松のあらしはげしきを聞きて」になつてをり、定家のは『新古今』に「母みまかりける秋、のわきしける日、もとすみ侍りける所に罷《まか》りて」、『拾遺愚草』に「秋野分せし日、五條へまかりて歸るとて」と記されてゐる。妻であり母である一人の女性を偲ぶに際しても夫俊成子定家の個性、手法の差は歴然としてゐる。定家のがたとへば『新撰朗詠集』の「故郷有母秋風涙　旅館無人暮雨魂」を思はせつつ、抑揚きはやかに涙よりむしろ涙の露きらめく秋風に發想の中心をおいてゐる感があるのに對し、俊成のはまさに悲調肺腑を衝き腸に沁む感を湛へている。恐らくこれほど纏綿たる哀傷歌は他に例を見ないだらう。これこそ「いくとせの春に心をつくしきぬ」や「昔思ふ草の庵の夜の雨に」あるいは「思ひあまりそなたの空を眺むれば」の系譜に屬する俊成幽玄の核をなす歌ではなかつたらうか。餘人が用ゐればくどくどしく煩はしい「絶えずや」の念押しが俊成の作に限つて明暗、抑揚を際立たせる要になつてゐる。この場合は暗中の暗、抑中の抑とも言ふべきだらう。肉親への恩愛の情が凝りかつはしたたり、ここに悲愴な詩歌の淵となる。定家の秋風の涙には泣き濡れた感は毫もない。俊成は涙の淵にみづから溺れ、その底に沈んだ亡き人に手をさしのべる。壯年と老年のゆゑに詩質が分たれるのではない。この非情と殉情は初めより父子の作品に決定的な對照を生む一因であつた。そして俊成の淵、抒情の深みに定家はつひに身を潛めることはなかつた。純粋卽目的、私的な動因をさへ文學の次元に引摺り上げ、三句切體言止の效果を計算し、透明調妖艶躰を創り上げた定家の心ばへも亦すさまじい。あへて言はせたなら定家は卽座に父の作を絶讃したらう。「さしも殊勝たりし父の詠をだにもあさあさと思」つてゐたにしろ、彼は父から出た「靑」であり藍の藍たる濃さ重さを畏怖してゐたはずである。ただ意識下には當然信ずるものは自身以外になかつた。この點の洞察に關しては院はさすがに鋭い。『近代秀歌』で定家は『後拾遺』時代以後の俊秀歌人を「大納言經信卿、俊賴朝臣、左京大夫顯輔、淸輔朝臣、近くは亡父卿すなはち此の道を習ひ侍りける基俊と申しける人」と總纏めに顯彰するが、これも論の運びの上で爲に操る言葉の彩、院が經信、俊賴、俊成、西行、淸輔、俊恵と近代の名手を竝べ立てるのと軌を一にしてゐる。對外的に公表する評價と眞の意中の人、他人に垂れる訓へと自分の職業の祕密はかならずしも一致するものではない。いかなる批評家にも情勢論はつきまとふものだし、みづからへの忠實度と言葉の彩、裝はれた嘘は相背くものではない。眞實を貫くために嘘をつくことも遁れられず、嘘は時のフィルターにかかつて眞實に變質することも有り得るのだ。

「その言葉・姿の外に景氣の添ひたる樣なる事のあるにや」この「慈鎭和尙自歌合」十禪寺十五番判詞中の曖昧な名文句、それが「よき歌」のあるべきかたちだといふのは自明の理であつた。要はその「景氣」の理會、解釋、把握にあり、把握は至難である。たとへば作家名を列記して濟むことではない。作品を限定明示しても盡し得ずますます混亂を招かう。深草の鶉の「身にしみて」は俊成自身にとつては景氣を釀成するために必須の言葉であり、俊恵にしてみればまさに逆であつた。この見解の相違を足許に見て、あるいは無關係に「風待つ露」や「悲しき松風」は犯すべからざる景氣を感得させる。肉親への恩愛の絆、このひとすぢの痛切な告白體のなせる意外理外の功である。なまじひの創作性、高度に熟達した題詠の技巧、狂言綺語の藝術的香氣を「私」の告白が嘲笑する。

しかも定家はその告白性を拒否した。告白に等しい私事要因の歌にも完璧な私性拂拭を施した。「なき人戀ふる」は死者一般に、無私の悲歌に變る。否變へ得るだけの妖艶性をこの作品に充塡した。「露も涙もとどまらず」を眞情の流露と見るのは常識であらう。だがこの水際立つた秀句はその眞情を凌駕する。一首は母に捧げる悲歌であるより先に『新古今』切つての悲調を帶びた秀歌に變質してしまつたのだ。俊成の亡妻追悼は詞書を除外しては成立しない。「このひとふし」も同樣である。而立の頃の美福門院加賀との激しい戀愛、以後五十年の世の有爲轉變、その間の浮沈喜怒哀樂を共にして來た感慨を俊成の歌には讀みとらねばならないし、それを前提としてこそこの妻の墓は苔の緣もなまなましく浮び上つてくるのだ。「笹の露」も亦作者の老齡重病を知つてこそ「思ひおく」に千鈞の重みが加はる。

「小篠はらほどなき末の露おちてひとよばかりに秋風ぞ吹く」とは定家建久七年（一一九六年）三十五歳の作であるが、同じ笹原の露でもこれは頭韻歌「をみなへし」の第一首、一節《ひとよ》に一夜《ひとよ》を懸ける修辭を忘れず、「末の露」なる綺語で驚かす。面目といふものであらう。「露も涙も」と歌つてから二十七年後の承久二年（一二二〇年）母の忌の二月十三日に、「野外柳」で敕勘を受けるのも思へば皮肉な因果、綺語懲罰に似る。「道の邊の野原の柳したもえぬあはれなげきのけぶりくらべや」を嫌惡する後鳥羽院の心理は複雜である。「なげき」を位階停滯に關るものとしたなら、それは院の穿ち過ぎであらう。百首歌ならいさ知らずただの二首、定家の歌のデカダニスムを峻拒したとするなら、もともと彼の歌にその要素のないものがあつたらうか。いづれでもありいづれでもない。要は言ひがかりに過ぎなかつただらう。ただ一つ、このやうな場合俊成ならば、その言ひがかりすらつけるせきのない作品を何食はぬ顏で詠進したらう。「春山月」の題にはたとへば時じくの梅の香が藐姑射《はこや》の山に滿ち月の光もこがねしろがね、くらゐの賀歌に纏め、問題の「野外の柳」ならば野の柳も君の威光にみどりあたらしく靡き伏すなどともつともらしく頌歌仕立にしたことは十分考へられる。

卽自的な眞情流露の作がいはゆる幽玄と背反せざるを得ぬ創作の不如意は定家ひとりのものではなかつた。これは御子左も六條も等しなみに甘受すべき榮光に輝く宿痾である。極論すれば『古今』以後のすべての專門歌人の心の中には本歌も歌病も無心も有心も幽玄も妖艷も念頭におかず、歌學から解き放たれ、自在氣儘におのれひとりの哀樂を歌ひたいといふ欲求が根強くひそんでゐたはずである。西行といふ突然變異、暴力的な卽自歌人の作が神格化されたのはここに由來するのではあるまいか。涅槃會を入滅の日とするといふ豫言歌、あまりにも創作めいた願望がうつつとなつた時、西行の聖別は決定的となる。「いのちなりけりさやの中山」は彼がその足で實際にまた越えたといふ證があるゆゑに光を放つ。繪空事の山水、屛風歌の花鳥がたちまち色褪せる。褪せもせず褪せてはならぬ題詠歌の虚の結晶たる眞實さへ西行の歌のために褪せたと錯覺する。俊成、定家はもとより後鳥羽院の絶讃拜跪も一種の錯亂でなくて何だらう。

「釋阿は、やさしく艷に心もふかくあはれなるところもありき。殊に愚意に庶幾するすがたなり。西行は、おもしろくてしかも心も殊にふかく、ありがたく出來《いでき》がたきかたも、ともに相兼ねてみゆ。生得の歌人とおぼゆ。おぼろげの人のまねびなどすべき歌にあらず、不可說の上手なり。」

『新古今』入撰俊成七十二首、西行九十四首の根據ともなる褒詞であつた。二十二首分だけ西行へのオマージュ用語も割增されてゐる。そして院は隱岐で庶幾する姿を詠んだ俊成の歌を七首削り、生得の歌人西行の作を十三首除いた。なほ殘る十六首の差は不可說の上手である分かも知れぬ。歌人、特に當代歌人の月旦の典型として絶對視される傾きのあるこの『御口傳』にも、一種そらぞらしい誇張は見まいとしても目につかう。俊成への讚詞は西行を際立たせる露拂ひ的修辭であつた。そしておもしろく心深くあはれとはそのまま幽玄の要諦であり、それが生得の歌人、生れつきの資質によつて達成されたとならば、結果的には百巻の幽玄論もなほ西行の九十四首否八十一首に及《し》かない。「釋阿、西行などが最上の秀歌は、詞も優にやさしきうへ心ことにふかくいはれも有るゆゑに、人の口にある歌、「不可勝計」とふたたび繰返される謳ひ文句は勿論定家弾劾のための伴奏に過ぎないが、その伴奏に父俊成をも荷擔させる深慮には舌を巻く。ところが人口に膾炙する點においても西行の風下に立たねばならぬ定家も亦「生得の上手にてこそ」と言はれるのだ。生得の歌人は無條件によろしく、生得の上手はレトリシャンに過ぎぬと言ひたいのだらうか。歌學者の堅實無比の作も専門歌人彫身鏤骨の作も、歌好きの半俗の僧が感興の趣くままに詠み散らした身邊雜詠述懐にことごとく見返られその後塵を拜する。『新古今』の悲劇的な喜劇はここに生れ、それこそおもしろくあはれな眺め以外のものではない。詩歌とはつひにはそのやうなものであらう。いつの世にも美酒佳肴に飽いた通人がとどのつまりは一杯の水をこそ不變最高の甘露と稱へ、したり顏にうなづきあひ、かつて戀ひ焦れた百味の飲食を噯《おくび》混りに拜斥する眺めはあるものだ。だがそれで濟むことだらうか。濟まねばこそ少くとも俊頼以後の革新論者が身心を勞し命をかけてきたのだ。なるほど生得の歌人の、修辭學を突き放ち技巧を超絶した名作はあらう。あり得よう。そしてそれこそ古今に通ずるまことの詩歌であらう。だがそれを西行に擬することはあるまい。いかにプレミアムをつけ、いかに引倒《ひきたふ》さんばかりの贔屓目で見たとて西行の作にそれはない。それにやや隣接するかと思はれる作が數首あるにしても、これは西行ひとりに限定することも集約することも象徴することも許さるべきではない。

だが評價の決定した時、既に王朝和歌は終焉を告げ、形而上、下兩面で惡評紛紛たる『新敕撰和歌集』と、父俊成の遺志をまめやかに嗣ぎ、自身の信條をも十二分に貫いたはずの『小倉百人一首』なる『新敕撰』傾向の小アンソロジーを詩歌澆季《げうき》のこの世への餞に定家も他界した。

幽玄はどこへ行つたのか。『無名抄』は幽玄の本質とあり方を俊成自身も及ばぬくらゐ綿密に案じ解き明かさうと、いたいたしいまでに心を盡してゐる。そして誰しも長明の考察から劃期的な飛躍を試みたり、斬新な異説を創り出すことも出來まい。曰く言ひがたいこの美的理念はその周りを寄らず觸らずの波紋を描きながら迂回逍遙する以外になかつたのだ。「詮はただ言葉にあらはれぬ餘情、姿に見えぬ景氣なるべし。心にもことわり深く、言葉にも艷極《きはま》りぬれば、これらの德はおのづから備はるにこそ。たとへば秋の夕ぐれの空のけしきは色もなく聲もなし。いづこにいかなるゆゑあるべしともおぼえねど、すずろに涙こぼるるごとし」。これだけ心を碎いてもつひに幽玄の不可解さ曖昧さを歎く聲は絶えまい。

幽玄は、その捕へがたい言葉のみは見え隱れしつつ十四世紀末、十五世紀初頭にふたたび蘇る。世阿彌の『花傳書』『至花道書』『中樂談義』、正徹の『草根集』『正徹物語』、心敬の『ささめごと』『心玉集』を繙けば、幽玄の流轉、變貌の樣は覘ひ得よう。佐渡に流された世阿彌、美濃に遣はされた正徹、應仁の戰火に追はれつつ東國を漂泊した心敬、彼等も亦言葉、詩歌の儚さと強さに一生を賭けた聖・風狂の徒であつた。

「生得《しやうとく》幽玄なる所ある、これ上の位《くらゐ》か。しかれどもさらに幽玄にはなき仕手《して》の長《たけ》あるものあり。これは幽玄ならぬたけなり。(中略)よくよく工夫して思ふに幽玄の位は生得の物か。闌《た》けたる位は却《こふ》入りたるところか。心中に案をめぐらすべし。」　世阿彌

「さても此の道は幽玄躰を中にも心にとめて修行し侍るべき事にや。古人語り侍る、いづれの句にもわたるべき姿なり。いかに此の修行詮用なるべし。されども昔の人の幽玄躰と心えたると大やうのともがらの思へると、遙にかはりたるやうに見え侍るとなむ。古人の幽玄ととりおけるは心を最用とせしにや。大やうの人の心得たるは姿のやさばみたるなり。心のえんなるは入りがたき道なり。」　心敬

「幽玄といふものは心にありて言葉にいはれぬものなり。月に薄雲のおほひたるや、山の紅葉に秋の霧のかかれる風情を幽玄の姿とするなり。これはいづくか幽玄ぞととふにも、いづくといひがたきなり。それを心得ぬ人は、月はきらきらと晴れてあまねき空にあるこそおもしろけれともいはむ道理なり。幽玄といふはさらにいづくがおもしろきとも妙なりともいはれぬところなり。」　正徹

幽玄がある時は詩歌のひいては藝術の至美、すべての美的要素を包括しつつ結晶した理想の状態として認識され、また一方では風躰概念の一つとして極く客觀化、狭義化されて受けとられることは俊成の時代よりさらに甚しくなる。解けば釋くほど追へば逐ふほど曖

味朦朧の度を深め、つひにその不明瞭性を最大の特徴として祕匿する以外に道のない、この神聖にして呪はれた言葉。勿論それは單に幽玄のみに限るべきではない。藝術用語百般、否藝術なる語そのものすら漠たる主觀に支へられたものであり、百人の作者、百人の享受者によつて際限もなく變質變貌するものだ。

釋阿俊成は元久元年（一二〇四年）九十一歳で永眠する。霜月晦日しきりに雪を愛でながらの最期であつたと傳へる。その前年の霜月下旬には後鳥羽院から和歌所で九十の賀を賜はる。賜衣法服は白地に紫の色絲で「ながらへてけさや嬉しき老の波八千代をかけて君につかへよ」と繡《ぬ》はれてゐた。歌は宮内卿作の原歌を後鳥羽院が二字改めさせて自詠の趣としたもの、繡ひ手はながらへて五十に近い建禮門院右京大夫であつた。有終の美とはこのことであらうか。青天に風花のきらめく日、二條御所和歌所上皇御座の後に三帖、俊成の後に一帖立てめぐらされた屛風は、延喜の例に倣つて新調を命ぜられたもの、四帖に四季繪と院、良經、慈圓、定家ら十人の賀歌。俊成への下賜品は件の蒔繪衣筥入りの法服一具の他、銀製の鳩杖であつた。敕による賜賀の宴は絶えて久しい盛儀であつた。御子左家一代の榮譽であり、それはそのまま最初の最後を意味することとなつた。

百年もすぎゆく人ぞおほからむよろづ代經《よふ》べききみがみよには

この今生の思ひをこめた賀歌を記しながら、しかし俊成の心にはなほさまざまの盡さぬ景色が去來してゐただらう。面影の花、深草の鶉、霞をわけて降る春雨の昔から雨中の山時鳥、山河曉の聲、交野の落花の雪、さらには松風、そして「千五百番」のみ吉野の花、露の夕暮。九十年の四季の變轉、人の世の浮沈、哀歡を盡してなほ盡さぬ一ふしがある。それは定家の一身、御子左家の歸趨であるより先に、あるいはそれら形而下のわづらひを積重ねた末に、遠白く、まだ見ぬ世の空につづく幽玄の、こののちの姿であつた。

# Ⅱ　藤原良經

# 1 心底の秋

藤原良經家集『式部史生秋篠月清集』は建久元年（一一九〇年）、二十二歳の「花月百首」を巻首に飾る。花月の月明らかな九月十三日の作であり、この夭折の天才の初の百首歌はその兄良通二十二歳の死、あるいはまたその二百年昔の作者存念の歌人藤原義孝の二十一歳の死、二つの早逝の年を首途とする意味をも併せてただならぬ輝きをもつ。

花月、それも亦良經の心に潛む主題の一つであつた。後の日「初度百首」中に見る、

歸る雁今はの心ありあけに月と花との名こそ惜しけれ

の花月も、單に歌に卽した有明の月と櫻の意を越えて彼の短い一生の象徵であり、おそらくは常住刻刻の花と月を一期一會の景として眺めてゐた良經のかなしみに潤んでゐる。

定家二十歳の「初學百首」、二十一歳の「堀河院題百首」に比べていささかの遜色もない。それのみか當時二十九歳の定家の百首とも拮抗可能の才氣に溢れた秀作ぞろひだ。

「百首などのあまり地歌《ぢうた》もなく見えしぞ、かへりて難ともいひつべかりし」といふ『御口傳』中の後鳥羽院の言葉は、いつの百首を採上げてのことかは知らず、この「花月百首」にはかなり凡調の作、地歌も見られる。だが逆に秀歌も紛れない。定家の百首には「さむしろや待つ夜の秋の風ふけて月をかたしくうぢの橋姫」を初めとし、「花の香はかをるばかりを行方とて風よりつらき夕やみの空」「梢よりほかなる花のおもかげもありしつらさのわたる風かな」等有名な作品が夥しい。良經百首中の佳品を絞つて擧げるなら、

花なれや山の高ねの雲居より春のみおとす瀧の白絲　花
さらにまた麓の浪もかをるなり花の香おろす志賀の山風　同
世の中よさくらに咲ける花なくば春といふ頃もさもあらばあれ　同
かすみゆく宿の梢ぞあはれなるまだ見ぬ山の花の通ひぢ　同
散る花も世を浮雲となりにけり虚しき空を寫す池水　同
明方の深山《みやま》のはるの風さびて心くだけと散る櫻かな　同
なほ散らじ深山がくれの遲櫻またあくがれむ春の暮方　同
三日月の秋ほのめかす夕暮は心に荻の風ぞこたふる　月
照る月にあはれをそへて鳴く雁の落つる涙はよその袖まで　同
月宿る野路の旅寢の笹まくらいつ忘るべき夜はの氣色ぞ　同

月だにもなぐさめがたき秋の夜の心も知らぬ松の風かな　同
寂しさや思ひよわると月見ればこころの底ぞ秋深くなる　同
秋ぞかし今宵ばかりの寝覺かは心つくすな有明の月　同
かき曇る心は厭《いと》ふな夜半の月なにゆゑ落つる秋の涙ぞ　同
厭ふ身も後の今宵と待たれけりまたこむ秋は月も眺めじ　同

以上十五首に一端を知り得よう。感覺の冱えをきはやかに示す「瀧の白絲」「志賀の山風」、定家も怯むばかりの「花の通ひぢ」「はるの風さびて」「秋ほのめかす」「落つる涙はよその袖」等の大膽な措辭用語も特筆すべきであらうが、それよりも胸を衝かれるのは「虚しき空を寫す池水」「いつ忘るべき夜はの氣色ぞ」「心つくすな有明の月」「またこむ秋は月も眺めじ」といふ冷え侘びた心緒である。一つには九條家ゆかりの漢學唐詩の造詣によるものもあらう。六條家歌學のリゴリスムの粹の反映も少くはあるまい。叔父慈圓はもとより、既に「二見浦」、「皇后宮大輔」、「閑居」、「早率露膽」、「重早率露膽」等數度の百首歌をものした定家は家司として九條家に仕へ、良經に侍つてから四年を經てをり、その影響は論を俟たぬ。しかし如上の餘映、薫染など彈き返すやうな銳いひびきがこれらの心緒に滿ちてゐる。最もすさまじいのは「寂しさや思ひよわると月見ればこころの底ぞ秋深くなる」の一首であらう。弱冠二十二歲の良經にここまで歌はしめたものは何か。勿論天才もあらう。そしてそれよりも二年前急死した二歳上の兄良通、その死者との言問ひのゆゑではなかつたらうか。

この屈折した感懷、讀む者の心を冥府に誘ふかの暗い調べはただごとではない。幽玄樣、鬼拉躰も及ばぬこのうすら寒い鬼氣にはさしもの定家もしばし聲を呑んだことだらう。しかも彼はこの歌には觸れぬ。『新古今』撰者も顧なかつた。『新敕撰』以後のいかなる集にも見えない。定家にも式子內親王にも、そしてあらゆる歌人にすべての藝術家に、認められず報はれることの少い傑作はあるものだ。ただその例は良經において特に甚しい。その後の享受者にとつてこれは幸福とも言へよう。荷田在滿流の爲にする盲目的禮讃ではなく、詩歌の眞美に渴く幾人かが、ある日偶然この匿れた傑作にめぐりあひ、先蹤批評の先入觀拔きにぢかに相聞可能であることを喜ばねばなるまい。

亡兄良通との死後の交感はかりそめのものではない。『秋篠月清集』、無常部冒頭には不思議な漢文詞書と共に良經にとつては二度目の夢中相聞歌が現れる。

「前內相府幽靈一辭二東閣之月一　永化二北邙之煙一　以來去文治第四之春忽入二我夢一
以呈二詩句一　今建久第三之春又入二人夢一　和語波只傷二永夕之別一是也　秉二開曉之詞一
實知二婆婆之喜一　漸積二泉壤之眠一自驚者歟　爰依二心棘之難一　抑奉レ答二夢幽思一而已
見し夢の春の別れの悲しきは永き眠りの覺むと聞くまで」

詞書中の文治四年、最初の夢は玉葉三月九日に詳しい。

「九日乙巳　今日二位中將夢中故内府呈二六韻之詩一　示三可レ和之由二云云　而一句僅覺レ之　其句云『春月ハ羽林ニ悲シ三自《よ》リモ二秋一』其文體似二平生之作骨一　其心又相二叶實哀一而有レ餘事也　尤彼詩昔所レ好也　而作二秋字一彌添二悲歎一　可レ謂希代希代」

「春月は羽林に秋よりも悲し」近衞府の春月とはその頓死の夜、如月十九日の月でもあらう。『玉葉』には良通の急變を「餘又就レ寢了　小時　内府方女房帥、周章走來　告二大臣殿絶入之由一　余劇速而行向見レ之　身冷氣絶」と記し、翌朝にかけての加持祈禱祭祓すべて效なく、つひに蘇らなかつた趣を暗涙をまじへて述べる。二月二十日は愛兒追悼の言辭が『玉葉』を埋め盡す。良通出生は自分が十九、女房が十六の年始であつたと語り始める有名な誄《るい》は「今赴二黄泉之道一　生所何方　其奈二何行方士之術一　冥土可レ恐　只欲レ祈二圓頓之敎一　別離之悲　戀慕之思　更非レ可二堪忍一」と悲哭の様、肺腑を抉るものがある。『玉葉』は正治二年（一二〇〇年）兼實五十二歳の十二月三十日以後を傳へないが、若《も》し五十八歳の三月良經急逝の七日の記録が有り得たなら、その愁歎はこれを越えただらう。夢の通ひ路、それも死者と生者を結ぶ異次元の間道を良經は知つてゐたのだ。なかんづく父兼實の言通り「秋」は良通を偲ぶよすがともなり、いよいよ悲しい。冥府と現世の夢の間道の扉は秋なる呪文で開かれ、時間の無い煉獄にさへ秋は闌けてゆく。心の底の秋の深みに良經の青春は始まらうとしてゐた。束の間の青春ではあつたが。

二月二十八日良通火葬の後を『玉葉』は傳へる。

「路間兩度有二異香一　狩衣胸被二其香薫一　疑彼骨香歟云云　是有二先蹤一事也　善人其骨芳云云」

骨拾ひに從つた右馬權頭兼親はその先蹤を知り兼實の悲酸を和げるため、かく言上したことも考へられる。あるいは斂葬の時、香木を燒いたかも知れぬ。いづれであれ、はたまたこれが眞實であつたとしても、兄の骨が馨つたことを良經は如何聞いただらう。善人ゆゑではない。詩歌の秋が、その悲しみが燃えて骨を薫染したと思つたことだらう。

『千載集』入撰の二人の歌は計十一首であつた。

良通　四首

軒近くけふしもきなく時鳥ねをや菖蒲《あやめ》にそへてふるらむ　　夏

月照菊花といへる心をよみ侍りける

白菊の葉におく露にやどらずば花とぞ見ましてらす月影　　秋下

關路滿雪といへる心をよみ侍りける

ふるままに跡たえぬれば鈴鹿山雪こそ關のとざしなりけれ　　冬

稱他人戀といへる心をよみ侍りける

忍びかね今やわれとやなのらまし思ひすつべき景色ならねば　　戀四

良經　七首

歸雁の心をよみ侍りける　春上
眺むれば霞める空の浮雲と一つになりぬかへるかりがね

花のうたとてよみ侍りける　春下
櫻さく比良の山風吹くままに花になりゆく志賀の浦なみ

蟲聲非一といふ心をよみ侍りける　秋下
さまざまのあさぢが原の蟲のねをあはれ一つに聞きぞなしつる

閑居聞霰といへる心をよみ侍りける　冬
さゆる夜の眞木のいたやの獨寢に心くだけと霰ふるなり

契暮秋戀といへる心をよみ侍りける　戀二
秋はをし契はまたるとにかくに心にかかるくれの空かな

稱他人戀といへる心をよみ侍りける　戀四
知られても厭はれぬべき身ならずば名をさへ人に包ましやは

法華經弟子品、內祕菩薩行の心をよみ侍りける　釋教
獨りのみくるしき海を渡るとや底をさとらぬ人は見るらむ

兄弟の十一首入撰は俊成の九條家に對する儀禮的配慮もあつたらう。その配慮の下で四

首七首の比は明らかに弟良經の歌才を證してゐる。良通は和歌より賦詩作文の資質においで弟を凌駕してゐた。和漢の才の交感交流、特に早逝をさだめられたかに鋭く暗い良通の感性は良經の上に敏感に反映する。『千載集』冬に「雪こそ關のとざし」と歌ふ良通の心は、良經に「なほ道たゆる峯の白雪」と同じ鈴鹿に行き通ひ、軒の菖蒲、時鳥には後の日建久六年に「うちしめり」とひそかに歌ひ返したのだ。良經の心ばへが歌ふことによつて兄を凌いだ證は「心くだけと霰ふる」にまざまざと見られよう。年齒二十歳未滿の彼がかくも荒寥たる世界を觀じたのは、やはり免れがたいさだめであつた。

「花月百首」は九月、西行の死は同じ年の二月であつた。きさらぎの花と望月、花月とは西行の口寄せに憑依した良經の呪文であらうか。否、彼の心には花下即身成佛などといふ安らかな願ひなど容れる餘地はなかつた。百首の春に吉野がまず現れるとしても西行の面影づけには遠い。心が身にも添はずなるやうな遊行離魂のわざほど彼にそぐはぬものはない。遁世とならば歌の中、夢の通ひ路の彼方を選んだことだらう。

うたたねのはかなき夢の中にだに千千《ちぢ》の思ひはありけるものを　　夢中述懐

このつきつめた悲しみは西行の在俗出家めいた遁世にはつゆ感じられない。世にありながら良經はなまじひの出家以上に世を捨ててゐたのだ。

寝《ね》ねる夜のほどなき夢と知られぬる春の櫻にのこるともしび

同じく惜しむ少年の春の兄と共に背けた燈、それも夢、死に通ふ夢に過ぎぬことを彼は覺めた眼で見とほしてゐたのではあるまいか。

良經二十代初期の作は「花月」と同年の十二月「二夜百首」、翌年冬の「十題百首」を數へる。

「二夜百首」

おぼろなる空にあはれをかさぬれば霞も月の光なりけり　霞

軒ちかき梅の梢に風すぎてにほひにさむる春の夜の夢　梅

雨はれて風にしたがふ雲間よりわれもありとやかへる雁がね　歸雁

ただ今ぞ歸ると告げてゆく雁をこころにおくる春のあけぼの　歸雁

忘るなよたのむの澤を立つ雁も稲葉の風の秋のゆふぐれ　同

後の世を此の世に見るぞあはれなるおのが火串《ほぐし》を待つにつけても　照射

ものおもふ寢覺のとこのむら時雨袖よりほかもかくや雫は　時雨

志賀の浦こずゑにかよふ松風は氷にのこるさざなみの聲　氷

戀ひ死なむ身ぞといひしを忘れずば此方の空の雲をだに見よ　寄雲戀
知るや君末の松山こす波になほも越えたる袖のけしきを　寄山戀
石《いし》ばしる水やはうとき貴船川玉ちるばかりものおもふころ　寄川戀
友と見よ鳴尾に立てる一つ松夜夜《よなよな》われもさて過ぐる身ぞ　寄松戀

「十題百首」

秋よまた夢路はよそになりにけりよわたる月の影にまかせて　天象
晴るる夜の星の光にたぐひきて同じ空よりおける白露　同
かくてこそまことに秋は寂しけれ霧とぢてけり人の通ひ路　同
秋はなほ吹きすぎにける風までも心の空にあまるものかは　同
春の花秋の月にものこりける心のはては雪の夕ぐれ　同
白波の跡をばよそに思はせて漕ぎはなれゆく志賀のあけぼの　地儀
ふるさとはあさぢがすゑになりはてて月に殘れる人の面影　居所
難波潟まだうら若き蘆の葉をいつかは舟の分けわびなまし　草部
さよごろもこは世に知らぬにほひかなあやめを結ぶ夢の枕に　同
秋の夜の月に待ち出づる初雁の霞みて過ぐる春のふるさと　鳥部
朝な朝な雪のみ山に鳴く鳥のこゑにおどろく人のなきかな　同
夢の世に月日儚くあけくれてまたは得がたき身をいかにせむ　釋教

「空にあはれをかさぬれば」「われもありとやかへる雁がね」「こころにおくる春のあけぼの」「袖よりほかもかくや雫は」「霧とぢてけり人の通ひ路」「霞みて過ぐる春のふるさと」。これらの綺語傾向もやはり定家の影響とのみは言ひ切れぬ切迫したひびきを伴ふ。これはむしろ亂れ、亂調、亂聲といふべきものであらう。心の亂れが言葉のもたねばならぬ秩序の柵を突き拔けて彼方へ迸る一瞬の姿、修辭學の生溫い戒律など彼の心にはなかつたのではあるまいか。レトリックの網の中に騒ぐ心緒も亦きはやかだ。「此方の空の雲をだに見よ」や「玉ちるばかりものおもふころ」は疑ひもなく「六百番」の「生けらばと誓ふその日も」と「幾夜われ波にしをれて」に直結する。しかも絶唱の前提となる練習曲の初初しいいたましさと冱えは、ただごとではない。「春のふるさと」は「六百番」定家の「木のもとは日數ばかりを匂ひにて」に先んずる新の把握であり、しかも「初度百首」で「明日よりは志賀の花園まれにだに」で定家もつひに及びがたい永遠の本歌となりかはるのだ。春のいそぎ、死へのいそぎ、亡き人の面影に誘はれ、かつは誘ふ離魂の妖艷鬼拉を彼はわき目もふらず示現しようとする。傍若無人ことわりも過ぎたのは良經の歌であつた。この冷やかさ、このきはだつ調べの底に漂ふ鬼氣を、しかし何人も指摘し得なかつた。

良經は兄一周忌の後、源頼朝の姪、京都守護一條能保の女《むすめ》を娶る。兼實がその權勢を懼れかつは憤つて「凡不能左右　可彈指也」とまで言つた能保、賴朝の妹婿とかうして結緣せねばならぬことを二十一歲の詩人は何と考へてゐたことか。うつろな目はすでにこの時、

すさまじく床も枕もなりはてて幾夜ありあけの月を宿しつ

とこの世の外の愛以外は寫してゐなかつたのであらうに。月光との同衾とはすなはち黃泉との相聞、それも幾夜かを重ねてゐたのだ。

賴朝といへば彼の長女大姬は當時十四、五歲、九年前父に入間川で謀殺された心の夫、木曾義仲の子義高を想ひ續けて激しい鬱病に罹つてゐた。この病は彼女の死の二十歲建久八年（一一九七年）七月十四日まで癒えることはない。そしてその病こそ後の良經、父兼實の運命を狂はせる重要な因の一つになつた。十數年にわたる死者との相聞、そのすさまじい自己幽閉を憐み、父賴朝が試みた追善供養、讀經、社寺祈願、加持の數數はすべて空しかつた。大姬の瞑つた眼の中にひろがるのは冥府の入間川に立つ義高、六歲年長、父義仲寫しの凜凜しい眉を翳らせて招く少年の姿であつた。殺人者たる父を道連れに面影の死者の許へ參ずること以外に彼女の望みはなかつたらう。後後のことながらまさしく賴朝は大姬の死の二年後『吾妻鏡』さへ眞の記述を憚る面妖な最期を遂げてゐる。

この生ける死者大姫の第二回目の夫に擬されたのが能保の長男高能であり、良經の室は同腹の妹であつた。さらにその異母妹の一人は源通方に、一人は西園寺公經に嫁ぐこととなる。死者は死者を呼ぶその一環であらうか、能保も頼朝の死の前年、大姫の死の翌年五十一歳で世を去る。良經の青春は薫香に滿ちた兄の死とうらはらに腥い屍臭を兆しつつ闌けてゆく。しかもその呪はれた青春から遁れるすべはなかつた。

## 2 秋風逐電

「六百番歌合」は良經二十五歳秋の催しであつた。主催者である彼に七十パーセント強の勝を判じてゐる俊成の態度は意味深長で、同じ作を六年後、「後京極殿御自歌合」で扱つた場合の勝負ともこもごも見較べれば、試されてゐるのは却つて八十翁釋阿の方である感も深い。判はともあれ彼の輝かしくかつは暗い青春の絶唱は次の通りである。先の俊成判持・負・勝の例歌との重複は承知の上でさらに引用記念したい。

空はなほ霞みもやらず風さえて雪げにくもる春の夜の月　餘寒
見ぬ世まで思ひのこさぬながめよりむかしに霞む春のあけぼの　春曙
散る花を今日のまとゐの光にて波間にめぐる春の盞《さかづき》　三月三日
夏草のもとも拂はぬふるさとに露より上を風かよふなり　夏草
うたた寝の夢より先に明けぬなり山郭公《やまほととぎす》一こゑのそら　夏夜
手にならす夏の扇と思へどもただ秋風のすみかなりけり　扇

はかなしや荒れたる宿のうた寝に稻妻通ふ手枕《たまくら》の露　稻妻

もの思はでかかる露や袖におく眺めてけりな秋の夕暮　秋夕

心には見ぬ昔こそうかびけれ月にながむる廣澤の池　廣澤池眺望

忘れずよほのぼの人を三島江のたそがれなりし蘆の迷ひに　見戀

幾夜われ波にしをれて貴船川袖に玉散るもの思ふらむ　祈戀

生けらばと誓ふその日もなほ來ずば邊《あた》りの雲をわれと眺めよ　契戀

有りし夜の袖のうつり香消えはててまた逢ふまでの形見だになし　稀戀

波ぞよるさてもみるめはなきものを恨みなれたる志賀の里人　恨戀

月やそれほの見し人の面影をしのびかへせば有明の空　曉戀

獨寢《ひとりね》の袖のなごりの朝じめり日影に消えぬ露もありけり　朝戀

もの思へば隙《ひま》行く駒も忘られて暗《くら》す涙をまづおさふらむ　晝戀

戀しとは便りにつけていひ遣《や》りき年は還りぬ人は歸らず　遠戀

袖の上になるるも人の形見かはわれと宿せる秋の夜の月　寄月戀

君がりとうきぬる心迷ふらむ雲は幾重ぞ空の通ひ路　寄雲戀

末の松待つ夜いくたび過ぎぬらむ山越す波を袖にまかせて　寄山戀

時しもあれ空飛ぶ鳥の一こゑも思ふ方より來てや鳴くらむ　寄鳥戀

このごろの心の底をよそに見ば鹿鳴く野べの秋の夕ぐれ　寄獸戀

他界眷戀、死者相聞の心ばへを前提として眺めなほす時、「見ぬ世まで思ひのこさぬ」「ただ秋風のすみかなりけり」「心には見ぬ昔こそ」「ほのぼの人を三島江の」「袖に玉散るもの思ふらむ」「生けらばと誓ふその日も」「有りし夜の袖のうつり香」「年は還りぬ人は歸らず」「なるるも人の形見かは」「雲は幾重ぞ空の通ひ路」「心の底をよそに見ば」等の一言半句にも尋常ならぬかなしみを見る。

手に馴らす秋の扇、扇の骨が手の肉を打ち、風を切つて鳴る。鳴らすのは心、心の底の秋。秋よりも悲しと夢に吟じた兄はそこを棲家としたのか。「ただ秋風のすみかなりけり」といふ瞑想録の斷章は陰陰として死の際まで絕えない。「なりけり」の吐息の消える寸前ふたたび「ただ秋風」は蘇り谺する。この獨吟輪唱のあやしさは人をさへ冥府に誘はう。離魂の悲歌、そのたましひは生きてゐる間は滅び死後に初めて處を得る。

「幾夜われ波にしをれて」、しをれつくして雫する水は玉なして川に還る。反魂はすなはち鎭魂、しかしレクィエムも及ばず鎭まらぬたましひは貴船川を下りかつ遡らねばならぬ。和泉式部には應へた神もこの呪はれた貴種には面を背ける。三年前「玉ちるばかりものおもふころ」と口ずさんだ時、すでに魂は肉の外にまろび出て水の上にあつた。しかしそれは遊魂、夢中遊行、ありのすさびに似てゐた。あくがれ出た魂は還る。離れ去つた魂は殘つたうつし身をよそから見つつ憐む。うつし身は魂の脫殼に過ぎぬ。その空蟬の身を濡らして祈る戀、亡き人への愛をこの戀歌にたぐへた良經に、定家の祈戀「尾上の鐘のよその夕暮」の心は一籌二籌を輸する。定家の恨みはなまなましく虚妄の戀に身悶へしてゐる。

「生けらばと誓ふその日」、その日が來ることを良經はもとより期してはゐなかつた。雲、葬りの火に燃えた煙をわれと見よとは非情の極みであつた。しかしさもあらう。照射《ともし》の松なる火串《ほぐし》にさへ死後を見た彼に、生きて逢ふいかなる戀が考へ得たらう。かつて「後の世を此の世に見」た者には「なほ來ずば」の假定もそのまま既定事實に等しい。未來すら彼にとつては半過去であり、生きてゐることはいつの日からか亡き後の春秋をたしかめることに變つてゐたのだ。

「このごろの心の底」、それはかつて深秋を湛へた荒寥の世界ではなかつたか。それさへ「よそに見ば」とは。花月の月に心弱り、思ひ沈んだ頃はまだ平穏であつたと言ふのか。まさ目まともに見る心の底にはもはや現世はない。「花も紅葉も」どころか「浦の苫屋」は勿論のこと、生につながるなにも棲んではゐない。ただ宥されて、死者の邊を離れ、そここそよそなる浮世を顧る時、遠い暗がりから鹿の聲はひびいてくる。その聲に誘はれて赴くところはふたたびもとの心の底、死者に繋る間道の入口であつた。「なほ來ずば」「よそに見ば」共に破滅を透視しつつあへて豫斷せぬ良經の躊躇である。既定斷言を懼れるゆゑならず、人の世には通じぬことを知つての假定であつた。

「見ぬ世まで思ひのこさぬながめ」、そのながめも亦斷念の景ではなかつたか。「むかしに霞む春のあけぼの」の何と無殘なことか。私は王朝春歌幾千の中にこの一首ほど春に背く作を知らぬ。現世と袂を分ち、あらぬ世の春をあくがれる點では良經に近い式子內親王にも、ここまでいたましい眺めはなかつた。「むなしき空に春雨」と嘆く心にはむなしいながらにこの世のなごりを止めてゐた。見ぬ世と、見つつある世の間の春霞、來し方二十五年を包むその曙の霞は幽界にまでたなびく。「思ひのこさぬ」と言ひながら思ひ殘すことのあまたをすべて思ひ切つた良經の眼には、あるいはただ一つの未知の領域、犯されぬ夢の國である「見ぬ世」の、現世に等しいむなしさすら徐徐に見えはじめてゐたのではあるまいか。その二重構造の虛無に思ひいたる時、私は暗然として聲を呑む。「夢路はよそに」とかつて言ひ、また「心のはては雪の夕ぐれ」「夢の世に月日儚く」と言つてしまつた彼に殘す思ひがあつたらうか。

「六百番」の後に良經は「治承題百首」、「南海漁夫百首」、「西洞隱士百番」を矢繼早に詠ずる。歌のいそぎ、滅びにむかふ己がうつし身への餞の急ぎ、作品はいよいよ昏みその世界は微光の中に沈む。すべて鬱然たる調べの一端は次の通りである。

「治承題百首」　　　　　　　　　　　　　　　　　　　立春

み吉野は山も霞みて白雪の降りにし里に春は來にけり

鶯の凍りしなみだこほらずばあらぬ露もや花におくらむ　鶯

花はみな霞の底にうつろひて雲に色づくをはつせの山　花

薄霧の麓にしづむ山の端にひかりはなれてのぼる月かげ　月

しぐれこし雲を高嶺に吹きためて風に雪ちる冬のあけぼの　雪

春のためいそぐ心もうちわびぬ今年のはての入相の鐘　歳暮

深き江に今日たてそむるみをつくし涙にくちむしるしだにせよ　初戀

後《のち》も憂《う》し忍ぶにたへぬ身とならむその煙をも雲に霞めよ　忍戀

またも來む秋をたのむの雁だにも鳴きてぞかへる春の曙　後朝戀

立ちいでて心と消ゆるあけぼのに霧のまよひの月ぞ友なる　同

いかばかり覺めておもはば憂かりなむ夢の迷ひになほ迷ひぬる　述懷

鈴鹿川八十瀬《やそせ》白波分け過ぎて神路《かみぢ》の山の春を見しかな　神祇

心をばこころの底に納めおきて塵もうごかぬ床の上かな　釋教

「南海漁夫百首」

今はとて山とびこゆる雁がねの涙つゆけき花の上かな　春

雨はるる軒のしづくにかげ見えて菖蒲にすがる夏の夜の月　夏

秋の色やいま一しほの露ならむふかき思ひの染みし袂に　秋

まのの浦波間は月を氷にてをばながすゑにのこる秋風　同

枕にも袖にも涙つららゐてむすばぬ夢をとふあらしかな　冬
尋ぬべき海山とだにたのまねばげに戀路こそ別れなりけれ　戀
見し人の袖に浮きにしわが魂《たま》のやがて空しき身とやなりなむ　同
戀死なむわが世のはてに似たるかなかひなく迷ふ夕暮の雲　同
われながら心のはてを知らぬかな捨てがたき世のまた厭《いと》はしき　述懐
おほかたに夢を此の世に見てしがな驚かぬこそうつつなりけれ　同
月のすむ都はむかし惑ひ出でぬ幾夜か暗き道をめぐらむ　同
心こそ浮世の外《ほか》の宿なれどすむことかたきわが身なりけり　同

「西洞隠士百首」

冬のゆめのおどろきはつる曙に春のうつつのまづ見ゆるかな　春
霜がれし春の荻原うちそよぎ裾野にのこる去年《こぞ》の秋風　同
かへる雁雲のいづこになりぬらむ常世《とこよ》のかたの春のあけぼの　同
くやしくぞ月と花とになれにける三月《やよひ》の空の有明のころ　同
亂れ葦の露のたまゆら船とめてほの三島江に涼むころかな　夏
外は夏あたりの水は秋にしてうちは冬なる氷室山《ひむろやま》かな　同
秋風のむらさきくだく草むらに時うしなへる袖ぞつゆけき　秋
久方の月の宮びと誰《た》がために此の世の秋をちぎりおくらむ　同

照らす日をおほへる雲の暗きこそうき身にはれぬ時雨なりけれ　　冬

かくてしも消えやはてむと白露のおきどころなき身を惜しむかな　　雜

永き世のすゑ思ふこそ悲しけれ法《のり》のともしび消えがたのころ　　同

四季も戀もすべて述懷の薄墨色にけぶる。「治承題百首」の「み吉野」は『新古今』巻頭第一首として知られる名歌ではあるが、この頃の百首歌のただならぬ眺めの中におけば、その靜けさはむしろ裝ひであり、後年自讃歌とするほどの晴を意識したものと思はれる。やはり彼の心は「春のためいそぐ」ことに亂れ、「涙にくちむしるしだにせよ」といふ諦めを帶びた希求を祕めてゐたのだ。「忍ぶにたへぬ身」の歎きはすでに戀歌の域を越え、「迷ひになほ迷ひ」「心をばこころの底に納め」と疊みかけ繰返す鬱屈の情に靑春は盡きてゆく。その中にあつてまた伊勢敕使の歌の「神路の山の春を見しかな」なる初初しい心躍りは意味深い。神祇と賀にゐずまひを正すのは攝籙の家系の、亂れてはならぬ歌の唯一のよりどころ、支へにもならぬ支へにともすればくづほれる身を寄せたのであらう。

暗澹たる調べは「南海漁夫百首」でさらに底ごもる。この抒情はつひに述懷の「幾夜か暗き道をめぐらむ」に凝縮を見る。卒然と讀めば辭世とも紛ふこの歌の彼方には暗黒の深淵が口を開いてゐるのだ。「菖蒲にすがる夏の夜の月」など彼の才氣の一閃、魂の地獄に返り咲いた妖艷の花であつた。「むすばぬ夢をとふあらし」「げに戀路こそ別れ」「わが魂《たま》のやがて空しき」「わが世のはてに似たる」「捨てがたき世のまた厭《いと》はしき」「心こそ浮世の外《ほか》の宿」、口を衝《つ》いて生れる詞はすべて生への嫌悪、懐疑であり、それらの憂患も所詮は死にいたる病であることを知悉する彼の聖なる曳かれ者の哀歌であつた。

西洞隠士なる雅稱はそれ自體厭離の情を裏書する。いづこに隠れようといふのか。みづからの心の中に。秋歌「秋風のむらさきくだく草むら」は目を瞠るばかりの鮮かさである。しかも「時うしなへる袖ぞつゆけき」とは他に類例を見ぬ斬新な表現であつた。「時うしなへる」まこと煉獄に時間は無い。停つた時の斷層に濡れてはためく人間不在の狩衣の袖、幽玄といふならこの一首をおいて他にあるまい。そして幽玄とは人の滅び、後の世までつきまとふ不幸を代償として成立する美のまたの名ではなかつたらうか。その袖をおいて「おきどころなき身」を彼はどこへ遣《やら》はうとしたのか。「誰《た》がために此の世の秋をちぎりおくらむ」との反問に應へるものはゐない。「おくらむ」「おくらむ」この不毛なエコーは次第に弱りつつ彼の生あるかぎりひびきつづける。「此の世の秋」にこめた萬斛の涙を人は見過してはなるまい。「此の世」とあへて言つた良經の悲しみの深さを知るべきである。しかし、これらの歌の庶幾するところを誰がよく洞察し得たか。俊成、定家をはじめ御子左家の面面も恐らく詞の面に目を瞠つたのみ、後鳥羽帝は覺るに年齒不足、もしひそかに惻隠の情を遣つた人があるとするなら慈圓であり、兼實であつたらう。もとより良經は理解をつゆ期待してはゐなかつた。彼の歌と定家らの歌が後《おく》れ先立ちかつは拮抗融和しつつ『新古今』新風樹立の途をたどると見るのも、良經をその新風擁護、實踐の稀なるパトロン、旗手と目するのも外面の、半面の眞實であり評價であらう。だが彼の心はそれに應へて手を振り滿面の笑を報いるやうな晴朗なものではなかつた。十三年後のカタストロフを指して後向きに流されてゆく運命の子であり、その姿を彼自身誰よりも冷酷に見定めてゐたのだ。

「六百番歌合」の翌年建久五年（一一九四年）八月、大姫と一條高能との縁談は打切られ、頼朝は彼女を當時十五歳の後鳥羽帝后妃として入内させることに懸命しはじめた。翌年三月は南都東大寺落慶供養が修される。後鳥羽天皇臨御、頼朝は政子、大姫と數萬の軍勢を從へて上洛することとなつた。十年前、後白河法皇の手で開眼供養を終つてゐた大佛はその堂宇を得て、ここに俊乘坊重源《しゆんじようばうちようげん》が再建勸進職に任ぜられて以來十五年を閲しての悲願大望は達せられることになるのだ。謠曲『安宅』に象徴される諸國行脚の勸進聖、その一翼を擔つて奥州へ旅立つた西行は既に亡い。また一方大佛鑄造を指導した宋の佛師陳和卿《ちんなけい》は二十年の後鎌倉に現れ、彼方への遁走を試みようとした實朝のために浮ばぬ船を建造する。

　後白河法皇崩御を待ちかねたかに頼朝が征夷大將軍に、兼實が關白に、その弟慈圓が叡山の天台座主に、その娘任子《にんし》が後鳥羽帝中宮になつたのはつい二、三年前のことであつた。兼實と頼朝はかねてから肝膽相照らすかに見え、天下國家の未來を腹藏なく語り合つてゐた仲であつたと思はれる。だが大姫入内畫策を區切りにその態度は速かに土御門通親に傾き出す。落慶供養を口實の入洛、頼朝は宣陽門院を訪れて通親、通親のパトロネス丹後局と會談する。さらに六波羅邸に丹後局を招いて政子と大姫を引合せ、砂金三百兩入の銀蒔繪手筥、白綾三十反をその臺盤として獻上する。丹後局、通親は大姫ゆゑの闇に迷ふこの老いたる獅子を甘言で釣り、あはせて政敵兼實及びその一族を葬ひ去らうと虎視眈眈の體であつた。

かつて十一歳の後鳥羽帝の中宮として入内した良經の妹任子はこの建久六年皇女春華門院昇子を生む。またその十二月通親を養父とし、後鳥羽帝乳母刑部卿三位高倉範子を生母とする承明門院在子が皇子爲仁、後の土御門帝をまうけた。皇子誕生はそのまま通親への皮肉な恩寵となつた。兼實はこれによつて後鳥羽帝の殊遇からは見放され、頼朝との默契もすでに反古に歸してゐた時であり、失墜は目前の事實となりつつあつた。滿を持して建久七年（一一九六年）霜月、通親はクーデターを敢行する。兼實は關白を、弟兼房は太政大臣を、慈圓は天台座主を罷免され、良經は內大臣のまま籠居を餘儀なくされ、任子は後宮を退くこととなる。未遂には終つたものの兼實流罪をも通親は畫策した。頼朝はこれらの策謀をことごとく承知し、なほ一臂の力を貸してゐたのだ。有終の美どころか醜を曝す一代の武將頼朝の止めを刺すかに大姫は翌年衰弱死する。

頼朝は結果的には朝廷における唯一の親幕派代辯者兼實と、妄執に近い愛を注いだ長女を一擧に失ふことになつた。皮肉な顚末に茫然とする彼の耳には續いて後鳥羽帝退位、土御門帝卽位の報が屆く。建久九年正月のことであつた。朦朧とした彼の腦裏には平家一門、あるいは弟義經、また行家、さらには義高らの無殘な面影が去來する。陰陰たる呪詛の聲が谺する。死靈は擧つて彼に手を差しのべる。相模川橋供養の砌の落馬は最後のあはな凶兆の一つに過ぎない。

式子內親王が橘兼仲夫妻と僧觀心の妖言事件に連座して出家したのは政變の年の八月であつた。彼女が隱棲した大炊御門は良經の舊邸である。「前齋院大炊御門におはしましける頃、女房の中より八重櫻につけて」の詞書をもつ贈答は、この轉變逆境に生かしめられるかたみの心をひそかに傳へている。二十八歲の良經、四十路の半ばを過ぎた式子の不吉な相聞である。

ふるさとの春を忘れぬ八重櫻これや見し世にかはらざるらむ　良經
八重櫻折知る人のなかりせば見し世の春にいかであはまし　式子內親王

「見し世」は彼等二人の相隔てつつこもごもに榮えた日日であるよりも、すでに過去形でしか語り得ぬ生涯を暗示してゐるのだ。死者の口を借りて現世を歌ふ趣はいよいよいちじるしくなる。しかも良經は「花月」以後も歌合、屛風歌なる晴儀の復興に執し、定家を強ひてまで賀歌の制作に心を盡す。晴儀憧憬、威儀渇望は夙に幼帝後鳥羽の胸中にも兆してゐた。良經の心の空洞を滿たすのはこれ以外になく熱意は「六百番歌合」において最高潮に達する。この熱は帝位を奪はれた後鳥羽院に傳はり、聖なる瘧病《わらはやみ》はつひに「初度百首」に突如轉移を見せることとなる。

良經は東大寺落慶供養の年、その奉告のため敕使として伊勢に下向した。扈從者は定家であつた。

あふさかの山越えはてて眺むれば霞につづく志賀の浦波
はるかなる三上の嶽《たけ》を目にかけて幾瀨渡りぬやすの川波
神風や御裳濯川のそのかみに契りしことの末を違《たが》ふな
露磨く玉串の葉のたまゆらもかけしたのみを忘れやはする

これら羇旅・神祇の川、波、露、「たまゆら」の玉には、かつての祈戀の貴船川と相呼ぶものがある。しかし良經の心には神に仕へる貴種の悲願がやうやく重い鎭石として沈みつつあつた。しかもそれが悲願として終るであらうことも彼の見えすぎる目には明らかであつたらう。幼帝土御門踐祚の日に凶兆は現れる。神劍は血で汚された。『玉葉』にはその青天の殃徵をかう記錄する。

「新帝、今日先渡二御博陸家一自二彼宅一渡二給閑院一云云。今日、一條內裏上棟之間、工與二行事一鬪諍、及二刃傷殺害一云云。其血流二劍璽之幸路一事甚不吉云云。」

『玉葉』は政變の十一月の記事は五日の賀茂御幸次第を詳細に傳へるのみであつた。『愚管抄』巻第六はその顚末を、

「さて同七年冬の比《ころ》、事共《ことども》出で來にけり。攝籙の臣九條殿を居籠《ゐこ》められ給ひぬ。關白をば近衞殿にかへしなして、中宮も內裏を出で給ひぬ。」

に始まる穩やかな彈劾文の中に縷述してゐる。政變後の激しい人事變動にもかかはらず良經は內大臣を奪はれず、正治元年（一一九九年）六月左大臣に任ぜられる。

「かかる程に院の叡慮にさらにさらに僻事御偏頗なるやうなる事は無し。ただ思召《おぼしめし》も入らぬ事を作者のするを、えしろしめさず覺《さと》らせ給はぬ事こそ力及ばね。かやうにてあれど、內大臣良經はさすがに未《いま》だとられぬやうにておはせしを、院よくよく思召し量らひて右大臣頼實を太政大臣にあげて、正治元年六月二十二日任大臣行はれけり。」

叡慮がもし良經の上に及んだとすれば、院の心中には翌年の「初度百首」以後、撰和歌所、「千五百番歌合」、『新古今』敕撰の腹案が形を成しつつあつたゆゑであらう。この秀才をおいて和歌復興の途の最高の伴侶はゐないといふ確信、それが良經にとつて幸か不幸かは知らず、英帝の歌への急ぎは堰を切つたやうに實現しはじめる。

しかしその翌年、八月「初度百首」企畫の前月、良經內室は逝く。二日後、良經は慈圓遊行の旅に從ふかに邸を出、途中でただ一人逐電遁走をはかつた。定家の後任家司兼時はただちにその搜索に赴き山崎のあたりで發見、あへない椿事に終る。いづこへの出奔を冀《ねが》つたのか。いづこへであらうとも彼の希求は見事に絕たれ封じられた。すでに三十二歲、夭折を阻まれた詩人は前にもましてうつろな目を薄く開き、詩帝後鳥羽の傍に坐する他はなかつたのだ。

## 3 夢は結ばず

正治二年（一二〇〇年）「初度百首」、翌年「千五百番歌合」の「二度百首」、同じく「老若五十首歌合」、「句題五十首」と、三十二歳壮年にして晩年の良經は一途に『新古今』への道を駈け上り馳せ下る。一方にこの世のものならぬ美を迸らせつつ一方に後鳥羽仙洞への頌歌賀歌を捧げ、しかも魂は夙に中有を漂ひ、三十八年の生涯の最後の曉を透かし視てゐた良經を、かりそめにも『新古今』の華に數へるのは冒瀆に似よう。しかし一期の終りをつねに幻覺しながらことごとくを絕唱と化したこれらの大作は比類がない。『新古今』竟宴後、彼はもはや歌はうとしなかつた。「元久詩歌合」にも良經は作詩の側に身を潛め、院の「夕べは秋と何思ひけむ」、寵臣秀能の「蘆の若葉を越ゆる白波」の相聞をはるかに眺めてゐる。「水鄉春望」も彼の心の中の黃泉の景色に比べればあまりにもさわがしいものであつた。

「初度百首」

歸る雁いまはの心有明に月と花との名こそ惜しけれ　春
今日もまたとはで暮れぬる古郷の花は雪とやいまは散るらむ　同
明日よりは志賀の花園まれにだに誰かは訪《と》はむ春のふるさと　同
たちばなの花ちる里の夕暮にわすれそめぬる春のあけぼの　夏
郭公いまいく夜をかちぎるらむおのがさつきの有明のころ　同
いさり火の昔の光ほの見えて蘆屋の里に飛ぶほたるかな　同
秋ちかきけしきの森に鳴く蟬の涙の露や下葉染むらむ　同
亂れ蘆の穂向きの風のかたよりに秋をぞ見する眞野の浦波　秋
おしなべて思ひしことのかずかずになほ色まさる秋の夕ぐれ　同
常世出でし旅の衣やはつ雁のつばさにかかる峰の白雲　同
辛崎やにほてる沖に雲きえて月の氷にあきかぜぞ吹く　同
三日月の有明の空にかはるまで秋のいく夜を眺めきぬらむ　同
明方の枕のうへに冬は來てのこるともなき秋のともし火　冬
かきくらす嶺の吹雪にすみがまの煙のすゑぞむすぼほれゆく　同
戀をのみ須磨のうらびと藻鹽《もしほ》たれ干しあへぬ袖のはてを知らばや　戀
われかくて寢ぬ夜の果をながむとも誰かは知らむ有明のころ　同
いはざりき今こむまでの空の雲月日へだててもの思へとは　同

雲は閨月はともしびかくしても明かせばあくるさよの中山　羇旅

「二度百首」

わたの原雲にかりがね波に舟かすみてかへる春のあけぼの　春

津の國の難波の春のあさぼらけ霞も波もはてを知らばや　同

明けはてば戀しかるべきなごりかな花の影もるあたら夜の月　同

三島江に茂りはてぬる蘆の根のひとよは春をへだて來にけり　夏

おほかたの夕べはさぞと思へどもわがために吹く荻の上風　秋

常世にていづれの秋か月は見し都わすれぬ初雁のこゑ　同

嵐吹き空にみだるる雪の夜《よ》に氷ぞむすぶ夢はむすばず　冬

ゆきかよふ夢の中にもまぎるやとうちぬるほどの心やすめよ　戀

暮しつる日は菅の根の菅まくらかはしてもなほつきぬ夜はかな　同

めぐりあはむかぎりはいつと知らねども月なへだてそよその浮雲　同

われとこそ眺めなれにし山の端にそれも形見のありあけの月　同

「老若五十首歌合」

いつまでか雲を雲ともながめけむ櫻たなびくみ吉野の山　春

螢とぶ野澤にしげる蘆の根の夜な夜な下《した》にかよふ秋風　夏

秋を秋と思ひ入りてもながめつる雲のはたての夕暮の空　秋

水上《みなかみ》やたえだえこほる岩間より清瀧川にのこるしらなみ　冬

いくとせの花と月とになれなれて心の色を人に見すらむ　雑

「句題五十首」

かはらじな志賀の都のしかすがに今もむかしの春の花園　故郷花

鈴鹿川波と花とのみちすがら八十瀬を分けし春は忘れず　河邊花

ふるさとのあれまくたれか惜しむらむわが世經《へ》ぬべき花のかげかな　花下過日

行くすゑは空も一つのむさし野に草の原より出づる月影　野徑月

月かげの忘れず宿るわすれみづ野澤にたれか秋を契りし　澤邊月

秋はてて深山《みやま》はげしく吹く嵐あらじ今はのなげの言の葉　寄嵐戀

拾遺

おのづから心に秋もありぬべし卯の花月夜うちながめつつ　夏・卯花

うちしめり菖蒲ぞかをるほととぎす鳴くや皐月《さつき》の雨の夕暮　夏の心を

空は雲庭は波こすさみだれに眺めも絶えぬ人も通はず　五月雨の歌とて

人すまぬ不破の關屋の板庇《いたびさし》あれにし後《のち》はただ秋のかぜ　關路秋風

いのち見むとゆくすゑ遠く契るかなこよひは更けぬ秋の夜の月　秋月

露といへばかならず月ぞやどりけるそれゆゑおかぬ雁の涙も　同

見も知らぬむかしの人の心まで嵐にこもる夕ぐれの雲　秋の夕暮に

古郷秋

來ぬ人をうらむる宿の夕ぐれに思ひすつれど荻の上風

月

それもなほ心のはてはありぬべし月見ぬ秋の鹽竈の浦

網代眺望

浪のうへに心のすゑのかすむかな網代にやどる宇治の曙

山家の心を

をはり思ふすまひ悲しきやまかげに玉ゆらかかる朝顏の露

五行・水

清くすむ水の心のむなしきにさればとやどる月の影かな

『新古今』春の掉尾を飾る「志賀の花園」、花月の名を惜しむ歸雁、橘の花散る里、蟬の涙、あるいは常世の雁を含む「初度百首」は優艶の極みであり、もはやかつてのきはやかな亂れも見えない。鎮めた魂の時としてさわだつことはあらうとも彼に鬼拉捨身の心躍りは消えようとしてゐる。綺語にもあえかな夕霞がまつはる。

「おしなべて思ひしことのかずかず」、その一つ一つを心の襞に雲母のやうに溜めて良經は後向きに彼方へ進む他はない。『新古今』秋上にはこの歌に續いて「六百番」の「眺めてけりな」、下、慈圓「元久詩歌合」の「いつより秋の色ならむ」、さらに寂蓮、西行、定家の三夕が竝び、雅經、宮内卿、長明の秀作がそれに從ふ。「何おもひけむ」と言ひながら後鳥羽院の秋夕ぐれに盡す心はなほいちじるしい。しかしこれらの中で良經の「なほ色まさる秋の夕ぐれ」のかなしみに及ぶものはあるまい。あるとすれば夭折のさだめを頒ち合つた宮内卿の「秋の夕べを心にぞとふ」一首であらう。

「われかくて寝ぬ世の果を」、その果を彼は視つめてゐた。唯一人知る者のないのは有明ではなく、世の果ではなかつたか。この戀の歌には戀人はもとより生者ことごとくを拒む暗い世界が匿されてゐる。他界から撰ばれた見者のさびしい矜恃に良經は立ちすくむ。應制和歌に褻《け》の入りこむ餘地はない。そして彼は誰よりもそれに敏感である。個の歎きを普遍の高みに昇華させ、孤の愁ひを絶對の深みに潛めることは神聖詐術であり、良經の百首は、特にこの「初度百首」の晴《はれ》は、裏のおし殺した憂悶によつて翳るのだ。『新古今』入撰十七首、『萬葉』本歌取及び寫しの鏤められた作品群の中に、彼はかうして不吉な歔欷《きよき》を匿しおほせた。

「千五百番」（「二度百首」）における萬葉ぶりは時として實朝の古代戀慕、山柿餘響を思はせる。そして、しかしながら俊成がいかに「いみじく艷に侍る」などと稱へようとも「花のしづくに立ちぞぬれぬる」などといふ大津の面影づけに良經の眞の姿はなく、これらの中に秀作は一首もない。『萬葉』追慕も亦彼の今一つの亂れであり逃避ではなかつたらうか。

「明けはてば戀しかるべきなごりかな」、その餘波《なごり》、名殘《なごり》とは「花の影もるあたら夜の月」すなはち心堰かれつつ洩らさざるを得ぬうつつの悲歎であつた。さらに言へば未來に立つて現在を過去とする構成、後の世、死後に今生を同想する倒錯矛盾した姿ではあつた。この屈折した心緒のつゆけさ、すさまじさは、『新古今』入撰、定家遣送本《けんそうぼん》『近代秀歌』に推薦の清輔作「ながらへばまたこのごろやしのばれむ」などの比ではない。「嵐吹き空にみだるる雪の夜に」、この荒寥の心象にまでつひに良經は紛れ入つた。生きながらまたの世の目撃者となるために。しかしながら「氷ぞむすぶ夢はむすばず」の否定の苦さはその心さへ拒むかに見える。「六百番」の「年は還りぬ人は歸らず」に聞く正、反の疊みかけにはまだかすかな救ひがあつた。けれどもこの歌の場合は一應肯定形をなす「氷ぞむすぶ」すら本質的には負の表現であり、從つて現實の生に對しては二重否定を意味する。そこまで言はねばならなかつた良經の絶望はいたましさを越えるものがあらう。

この歌合で彼は夏三秋一の判を承る。後鳥羽院の折句判詞に對し彼は七言絶句判詞を試み、和漢兼才の面目を發揮する。しかし詩文を以て判ずるといふのも屈折した心緒の一反映であつた。院・釋阿の番五百二十六番に「如何此道一遺老　齡及九旬獨待君」と記し、二つの秋風辭を持としたことにもそれはうかがひ得よう。彼は計七十五番中の自歌十首ことごとく負としてゐる。右に倣つた挨拶とは言へ抑遜謙讓も程度問題であらう。計十番の右に彼の配慮を強ひるやうな貴顯は一人もゐない。「わがために吹く荻の上風」すら宜秋門院丹後の「けふもまた緑はおなじ松かげに風にまかせて秋や立つらむ」なる凡作の下におく心は、歌の優劣など第二義、第三義、ひたすらこの晴儀に參じ華を添へるのみといふ一種の放棄ではなかつたか。すべては過ぎ去る。狂言綺語による異次元の幻想自治領創造も空しい。述懷、述志に託し得るやうな心はこの世に餞け終つた。一首の歌の優劣を爭ふこともさらに虚妄に等しい。言葉とはかりそめのもの、今に執するかぎりいかなる言葉もつひに無に歸する。

「秋はてて深山はげしく吹く嵐」、この嵐の「有るらし」を彈き返すやうに「あらじ今はのなげの言の葉」と言ひすゑる彼には、繼のみか生きてあること、生者の生を歌ふことはいづれ「なげの言の葉」卽、かりそめの言葉に過ぎぬ。彼にとつてかりそめならぬ詞とはその祖を中臣とする族の壽詞祝詞でもあつたらう。賀歌はおのれをあへてこの世にあらしめ、詞もて前の世を蘇らせる使命のためにあつた。この憑人《よりまし》としての矜恃は古代の賀歌作者に等しく、あるいはこれを凌ぐ。しかもなほ彼は後の世への道をしるべすべき巫者であり、あらねばならず、あるべくさだめられてゐた。過現未の三世を視、身を引裂かれ、つひにそのいづれもおのが力の及ぶ界にあらずと覺り諦めた時、良經の夭い晩年、早きに失する一期の終焉は目前に迫つてゐたのだ。

拾遺の諸歌は百首詠、五十首詠を除く偶詠、贈答、歌會作の中から引いた。見神、喪神の氣配も止めぬ名作「うちしめり菖蒲ぞかをる」を揚げれば私の意はなかば盡す。彼の人生私事にかかはる歌は、彼の作と傳へられる『作庭記』などと共に別に詳細を記すべき時もあらう。ただおそらくは建仁二年以後の歌もまじへつつ制作時を明らかにせぬ諸詠の中にも沈鬱な斷念諦觀の調べは隱顯してやまない。

建仁二年（一二〇二年）奸雄通親の急死と共に九條家にはふたたびの春がめぐり、良經は間もなく太政大臣の座に著き、慈圓は天台座主に還補を見る。しかしこの榮光復活も彼にとつてはいたづらな僂な事ではなかつたらうか。

今年見るわが元結《もとゆひ》の初霜に三十《みそぢ》餘りの秋のふけぬる

「初度百首」の現・未轉倒の悲調といひ、この壯年の嗟歎といひ、いかに後年實朝の述懷と酷似することか。『金槐集』を繙き、

來《こ》む年も頼めぬ上の空にだに秋風吹けば雁は來にけり
僂くて今宵明けなば行く年の思ひ出もなき春にや逢はなむ
老いぬれば年の暮れゆくほどだにもわが身一つと思ほゆるかな
流れゆく木の葉の淀むえにしあれば暮れてののちは秋も久しき
眺めやる心もたへぬわだの原八重の汐路の秋のたそがれ

等にめぐりあふ時、私は二人の時を隔てた相聞を聞く思ひが深い。實朝は申すに及ばず良經も亦、あるいはいやさらに死を飼ひならし、終末をうつつに見、あらぬ世を日常として生きてゐたのだ。

空前絶後の盛儀大詞華集『新古今和歌集』敕撰は建久元年十一月三日の院宣に始まる。波瀾を含み風雲を孕むこの集の竟宴、元久二年（一二〇五年）三月二十六日を過ぎて三日目に、良經畢生の名文「假名序」は成つた。文意の核心はすでに「千五百番」夏秋漢文判詞冒頭にも見られよう。彼は「我君尋二八雲於出雲之昔一　酌二餘波於難波之朝一　姑射山之花下各逢二風雅之中興一　和歌所之月前再見二天暦之先蹤一」なる復古の叡慮は、また良經自身の翹望でもあつた。この序を見て定家が眞實不可思議比類なきものと三歎するのも當然であり、院自身になり代つて縷述する庶幾念願の條條はまさに男巫の壽詞の觀あり、委曲を盡しにつくし間然するところがない。

「おのおのえらび奉れるところ、夏引の絲の一すぢならず、夕べの雲のおもひさだめがたきゆゑに、綠の洞《ほら》、花かうばしきあした、玉の砌《みぎり》、風すずしきゆふべ、難波津《なにはづ》のながれを汲みて、澄み濁れるをさだめ、淺香山のあとをたづねて、深き淺きをわかてり。」

後鳥羽院親撰を銘記した一節は殊に名高い。いはゆる敕撰ではなく院の直撰といふ異例のゆゑに良經もかく修辭に精妙を極めたのだらう。作文に磨いた技倆は隠れもなく、對句的秀詞は目も彩であり、院が隱岐本奥書に、

「おほよそ玉のうてな風やはらかなりし昔は、なほ野邊の草しげきことわざもまぎれき。いさごの門月しづかなる今は、かへりてもりのこずゑ深き色をわきまへつべし。昔より集を抄する事は、其の跡なきにしもあらざれば、すべからくこれを抄しいだすべしといへども、攝政太政大臣に敕して假名の序をたてまつらしめたりき。すなはちこの集の詮とす。しかるをこれを抄せしめば、もとの序をかよはしもちゐるべきにあらず。」

と述べるのは三十年の後のことであるが、これら直喩重疊交叉する二つの假名文にも二人の心の行き違ふのをまざまざと見る。院の變心のみではない。いかにつくしても言葉は儚い。詞華も時と共に移ろふ。良經は序を草しつつその眞理をも嚙みしめてゐたらう。院御製を三十四首撰入することについても良經はかう言ふ。

「みづからの歌を載せたること、古きたぐひはあれど、十首には過ぎざるべし。しかるを、かれこれえらべるところ、三十首にあまれり。これみな人の目立つべき色もなく、心とどむべきふしもありがたきゆゑに、かへりていづれとわきがたければ、森の朽葉《くちば》かずつもり、みぎはの藻屑かき捨てずなりぬることは、道にふけるおもひ深くして、後のあざけりをかへりみざるなるべし。」

道にふけるおもひ、けだし至言である。道にふけり言葉に溺れ、後どころか今の嘲りをも彈き返す、虛妄を覺悟の上の一大示威運動ではなかつたか。隱岐本の、

「みづからが歌を入れたる事三十首にあまれり。道にふけるおもひふかしといへども、いかでか集のやつれをかへりみざるべき。」

はすでに衰微頽廢であり挫折に他ならぬ。道にふけるそのおもひと集のやつれを天秤にかけ、後者は憂へて志をかくひるがへすのは未練であらう。御製十四首、良經五首、定家同じく五首、西行十三首、俊成七首、慈圓九首其他計三百餘首を切出す前と後のいづれに嫑れを見るか。

宸筆に擬して序を草した良經は、これをこの世への餞として一年の後に薨ずる。俊成、寂蓮、宮内卿、式子内親王、守覺法親王ら『新古今』に心を殘した死者を引具して、黄泉から今こそ現世を透視する彼の目を、生者は畏れるべきであつた。

良經は序完成の翌月、相國を辭してゐた。さうして中御門京極に壯美を極めた邸宅を造り營む。絶えて久しい曲水の宴を邸内で催すのも新築の目的の一つであつた。實現を見たなら百年振りの絢爛たる晴儀となつてゐたことだらう。元久三年二月上旬彼はこの宴のための評定を開く。寛治の代、大江匡房の行つた方式に則り、鸚鵡盃を用ゐること、南庭にさらに水溝を穿つことを定めた。數度評定の後、當日の歌題が「羽觴隨波」に決つたのは二月盡であつた。彌生三日の豫定は熊野本宮二月二十八日炎上の報のため十二日に延期となつた。良經が死者として發見されたのは七日未明のことである。禍事を告げる家臣女房の聲が邸内に飛び交ひ、急變言上の使ひの馬車が走つたのは午の刻であつたと傳へる。

『尊卑分脈』良經公傳の終りには「建仁二年二月二十七日內覽氏長者　同年十二月二十五日攝政　元久元年正月五日從一位　同年十一月十六日辭左大臣　同年十二月十四日太政大臣　同二年四月二十七日、辭太政大臣　建永元年三月七日薨　頓死但於寢所自天井被刺殺云云」と記されてゐる。天井から矛で突き刺したのは誰か。その疑問に應へる者はつひにゐない。下手人の名は菅原爲長、賴實と卿二位兼子、定家、後鳥羽院と囁き交される。否夭折の家系、頓死怪《あや》しからずとの聲もある。良經を殺したのは誰か。神以外に知るものはない。あるいは神であつたかも知れぬ。良經は天井の孔から、春夜桃の花を插頭に眠る今一人の良經の胸を刺した。生ける死者は死せる生者をこの曉に弑した。その時王朝は名實共に崩れ去つたのだ。

かつて建久七年（一一九六年）二十八歲の秋のとある夕ぐれ彼はにはかに使を立てて定家に頭韻鎖歌の卽詠を命じた。頭韻歌は「あきはなをゆふまくれこそたたならねおきのうはかせはきのしたつゆ」、藤原義孝の作であつた。兄良通とほぼ同じく二十一歲を一期としたこの若者の歌に託する良經の心はすでにあらぬ世に漂うてゐたのであらう。定家は使者を待たせて三十一首をたちまち詠じ上げた。末尾の一首は左の通りである。

行きかへるはてはわが身の年月を淚も秋もけふはとまらず

# Ⅲ　新古今時代の惑星

# 1 藤原家隆

思ひ出でよたがかねごとのすゑならむきのふの雲のあとの山風　「千五百番歌合」
明けばまたこゆべき山のみねなれや空ゆく月のすゑのしら雲　「老若五十首歌合」
櫻花夢かうつつかしらくもの絶えてつれなき嶺のはるかぜ　同
霞立つ末の松山ほのぼのと波にはなるる横雲の空　「六百番歌合」
眺めつつ思ふもさびしひさかたの月の都の明方のそら　『壬二集』

壬生二品《みぶにほん》家隆の代表作として右の五首は著名である。いづれも『新古今』入撰、特に「思ひ出でよ」「明けばまた」は彼の自讃歌四首の中に入つてゐる。ほぼ文體を同じくするこれらの秀作は典型的な新古今調であり、人は反射的に定家を想ひ起さう。定家を意識して家隆を無條件に絶讃し、「歌になりかへりたるさまに、かひがひしく、秀歌どもよみあつめたる多さ、誰《たれ》にもすぎ勝りたり。たけもあり、心もめづらしく見ゆ」と書き止めた後鳥羽院も、「後鳥羽院・家隆卿等、かの卿の上にある事遠《ことどほ》し」と斷言した荷田在滿も、これは否み得ぬ事實であらう。ただ定家の幻は決してこれら名歌を輕くすることはない。むしろ定家に求めて得られなかつた今一つの世界を感得するだらう。妖艷の彩を洗ひ落した後の冷やかな覺醒、鬼拉の技の入り込む隙もない端正な、しかもただならぬ詩法、それは俊成を師とした彼と、俊成を父とした定家の相背つつ相分つ微妙な特質であつた。

定家、家隆は竝び稱される。竝稱されながらかならず定家・家隆であつてこの逆を稱されることはまづない。兄事し隨伴する立場の逆轉は終生訪れなかつた。轉機となり得たかも知れぬ承久の亂さへ家隆は裏目を選び、心は遠島に殉ずる。この攝理はもはや宿命的であつた。出生は保元三年（一一五八年）、定家に先んずること四年、その死嘉禎三年（一二三七年）、定家に先んずること四年。年齒と才能、身分の逆順は奇とするに足りぬとはいへ、御子左家圈内の比肩する間であれば、この生沒年も一種刻薄の趣を呈する。天壽八十歳を等しくしたことは偶然であるが、それすら却つて皮肉な感もあらう。定家は正二位に敍せられたが家隆は從二位に終る。『井蛙抄』、『古今著聞集』によれば、家隆はいつの頃か寂蓮の聟であつた。俊成の甥にして猶子、しかも定家の出生と共にあへて出家した寂蓮に、たとひ流說のたぐひであつても緣を結んだのは彼のさだめを暗示する。彼はその寂蓮に伴はれて俊成の門に入る。西行が「宮河歌合」、「御裳濯河歌合」二卷を生前に家隆に托し、家隆沒後は女、小宰相局に傳はつたと言はれる。西行は當時三十二、三の家隆に托し得る才を認めてゐたのだらうか。

「家隆卿は若かりしをりは、いと聞えざりしかど、建久のころほひより、ことに名譽も出で來たりき」といふ後鳥羽院の說は、他のことはともあれ確かだらう。建久のころほひといへば四年の「六百番歌合」頃であらう。元年の「花月百首」に家隆は招かれてゐない。

三十歳當時五首入撰を見た『千載集』作品は、

百首の歌詠み侍りける時、菊の歌とてよめる　秋下
さえわたる光を霜にまがへてや月にうつろふしらぎくの花
百首の歌より侍りける時、旅の歌とてよめる　羇旅
旅寢するすまの浦路のさよ千鳥こゑこそ袖の波はかけけれ
題しらず　戀二
暮にともちぎりてたれか歸るらむおもひ絶えぬるあけぼののそら
題しらず　雜上
山ふかき松の嵐を身にしめてたれか寢覺に月を見るらむ
題しらず　雜中
見る夢の過ぎにしかたをさそひきてさむるまくらもむなしかりせば

定家入撰八首を一方におけば、やはり質においても一歩を讓らねばなるまい。「おもひ

絶えぬる」にわづかに優艶の面影を見るのみで、他はあげつらふほどの閃きも見えぬ。晩熟のその實りは而立過ぎてゆるやかに訪れる。而立寸前の歌風は西行勸進の「二見浦百首」に見られる。定家が「花も紅葉もなかりけり」の絶唱を生んだこの百首に、家隆は、『千載集』中の白菊をもまじへながら、やはり溫雅にみづからの埒内で抒情してゐる。

明けぬなり春は來《き》ぬとや柴の戶をしづかにたたく峰の松風
吉野山花や散るらむあさみどり霞のうちにまよふしらくも
暮れはつる春のゆくへを思ふには花はこころになほとまりけり
月さゆる秋をも待たじほととぎす鳴きゆく夜半《よは》のさみだれのころ
暮れゆけば野邊の景色はいかならむけさだにかなし秋のはつかぜ
出でぬよりけしきにしるし月かげの澄むべき秋の夕暮の空
いつかわれ苔の袂に露おきてしらぬ山路の月を見るべき

得意の初句切・體言止もまだその效果を十分に發揮せず逆に作品に古體な趣を添へる。不用意に眺めればふと晩年の作と錯覺する。定家が「花も紅葉も」の他に「あぢきなくつらき嵐の聲もうしなどゆふぐれに待ちならひけむ」「なべて世に待たでを見ばやほととぎすさらばつらさに聲やたつると」「忘れつる昔を見つる夢をまたなほおどろかす荻の上風」「いづるより照る月影の清見潟空さへこほる波の上かな」等、したたかな試行錯誤の決意を見せてゐるのに比べれば、いかにもなまぬるい。同じ彼岸を目ざしながら彼の心詞は紛れもなく西行に傾き、定家の獨創獨走には容易に従ふことはない。彼は傑れたマイナー・ポエットであつた。マイナーの負を比類のない陰翳に轉じおほせた。それは容易な技ではない。天賦のものである。負に沈み消え去つた他の數へ切れぬ二流歌人の例を考へれば、家隆が今一人の定家となり終らず、マイナーに徹しつつメイジャーに競ひ立つたことは稱讃に價する。そしてその兆しは「二見浦」にも明らかであつた。

三十歳前後の百首歌は、他にもなほいくつかを數へる。『井蛙抄』では家隆詠歌六萬首と稱する。『壬二集』の歌は缺けた「初度百首」や脫漏の五十首を加へても三千首にも滿たず、頓阿の話を半分に聞いても知り得るのは十分の一以下、片鱗をうかがふのたぐひであらう。未知の散逸作品にいかなる傑作があつたか。敕撰集入撰が代表秀作を盡すとは限らない。最晩年の「遠島歌合」歌や「俊賴影供」まで收めた『壬二集』の背後に、それを思ひ描くのも一興であり、時としては家隆への慰藉ともならう。

「堀河院題百首」は壽永元年、定家も同樣の題の百首をものものしい詞書つきで『拾遺愚草』の卷末に收めてゐる。定家は壽永元年（一一八二年）二十一歲、家隆は二十五歲、ここにも同趣向、軌を一にした後れ馳せを見る。しかし彼のこの百首は定家に比べてはるかに鮮麗であり、恐らくこの時代の最高作と思はれるものを含んでゐる。定家、良經の「花月百首」に決して劣るものではなく、あへて言ふなら彼らの狂言綺語の先取でもあつたろう。彼にはその新風を豫感する能力も才もありながら、たちまち炎えてたちまちさめる弱さも同時にひそんでゐたのではあるまいか。

あさみどり野邊のかすみの下草に雉子《きぎす》鳴くなり春の曙　霞

里とほき野邊の若菜はつみやらで心につもるうぐひすの聲　若菜

千里《ちさと》まで一つに見えし冬の色を垣根にのこす春の雪かな　殘雪

ながめわびぬひとり離れてゆく雁の霞にまがふ曙の空　歸雁

秋を待つ一つ草葉と見しほどに綠をわけて咲く菫かな　菫

都をば雲にまかせて行く鳥のかへる古巢に春やとまらむ　暮春

蟬の羽の夜半《よは》のころもをひきかへし花の袂を夢にだに見む　更衣

まだよひの今一聲はほととぎす誰《た》が待つ里のあけぼのの空　郭公

ますらをが端山《はやま》のともし影消えて知るはいのちや有明の月　照射

夕まぐれかひやが下の夏蟲はけぶりも立てで燃ゆるなりけり　螢

此の世には池の蓮も夏ぞ咲く花を散るとも思ひけるかな　蓮

月はさえ岩もる水は秋のこゑ夏のよそなる庭のうたた寢　泉

きのふだに訪《と》はむと思ひし津の國の生田の森に秋は來にけり　立秋

夕ぐれのおなじ籬《まがき》の蟲の音《ね》もほのかになりぬ荻のうは風　荻
露や花花や露なる秋くれば野原に咲きて風に散るらむ　露
もしほくむ蜑《あま》の浦路も絶えぬらむ行方も知らぬ須磨の夕霧　霧
今日のみと秋のけしきをながむれば嵐もをしき夕暮の空　九月盡
見渡せば潮路はるかに空さえて浪こす雪やすゑの松山　雪
絶えだえの浮寝の水にむすぶ夜は氷も浪の枕をぞする　氷
たちのぼる煙も雲の底にして雪ふりうづむ小野の炭竈　炭竈
ぬれば夢さむれば向ふおもかげになれてもよそにもの思へとや　不逢戀
夜もすがら重ねし袖は白露のよそにぞうつる月草の花　逢不遇戀
清見潟なみも袂も一つにて見しおもかげをよする月影　旅戀
月もいかに須磨の關守ながむらむ夢は千鳥のこゑにまかせて　關

『新古今』入撰の立秋「生田の森」の大膽な發想詠風のさはやかさもさることながら、「照射」「泉」「露」や戀三題の奔放自在は目を瞠らせる。達磨歌の譽を定家と分つに足りよう。私はここに初めて、ほむら立つ家隆の青春を見る。たとへ一瞬の炎上であつたにせよ、それゆゑに尊いのだ。

續いて翌三年には百首歌二度を見る。

春の夜の月すむ空にあくがるる匂ひや花の心なるらむ
水鳥の浮寝絶えにし波の上に思ひをつぎてもゆる夏蟲
秋ふかき閨の扇もあはれなり誰《た》が手にふれて忘れきぬらむ
花はさぞ色なき露のひかりさへ心にうつる秋の夕暮

「心にうつる秋の夕暮」。この、綺語一歩手前で立止り、しづかに心詞を顧るストイックな抒情は、まさに家隆のものである。眞向から讀者に迫ることなく、背面から囁き訴へる文體は、思へば彼の一代を通じての詠歌の祕法でもあつた。「六百番」の昂揚も定家、良經に比すれば、つつましい。

春風に下ゆく浪の數見えてのこるともなきうす氷かな　春氷
花をのみ待つらむ人に山里の雪間の草の春を見せばや　若草
思ふどちそことも知らず行き暮れぬ花の宿かせ野邊の鶯　野遊
野邊みればあがる雲雀も今はとて淺茅におつる夕暮の空　雲雀
嵐ふく花の梢にあと見えて春も過ぎゆく志賀の山ごえ　志賀山越
夏の日を誰《た》が住む里にいとふらむ涼しく曇る夕立の空　夕立

いかにまた秋は夕べとながめきて花に霜おく野べのあけぼの　秋霜

風吹かば峰に分かるる雲をだに有りし名殘の形見とも見よ　別戀

思ひやるながめも今は絶えねとや心を埋む夕暮のくも　寄雲戀

人知れぬ恨みにあまる波の上をおさふる袖や須磨の關守　寄關戀

「花をのみ」は後後、千利休が侘茶の極意としたゆかりを思つて引いた。紹鷗が「花も紅葉も」を掲げた眞意も深刻にとらぬ方が賢明だらうが、この雪間の草もさしたる名歌とは思へず、家隆の消極性が嫋嫋と尾を引いてゐる感がある。「嵐ふく」には後年の宮内卿への影響を思はせるものがあり、「風吹かば」は同じ「六百番」良經の契戀と相呼ぶ趣が見られよう。そして家隆はやはり「涼しく曇る」「いかにまた秋は夕べと」「心を埋む」「おさふる袖」等のわざと抑へ、ことさらに翳らせた修辭にその本領を見せる。これらを見ても、やはり冒頭引用の「春曙」、「霞立つ末の松山」の冱え冱えとした詠風が群を抜き、家隆が「六百番」に到つて勝得た技法の結晶であることは疑ひもない。列記十首の中、勝歌は「春氷」「秋霜」「寄關戀」の三首のみであるが、この他にも良經との番は俊成の顧慮であへて負とされてゐる傾きも多多あり、別に留意の要もあるまい。また「春曙」は定家の「霞かは花うぐひすに閉ぢられて春にこもれる宿のあけぼの」に勝つてはゐるものの、全く不承不承の勝利である。

「左歌『霞かは』と置ける、『霞のみかは』などいふべき心にや。『花うぐひすに閉ぢられて』『宿のあけぼの』などいへるは『秦城樓閣鶯花裏』といふ詩の心覺えて、宜《よろ》しくも侍るべし。右歌は、末の松山に思ひ寄りて『波にはなるる横雲の空』といへる、氣色ことによろしく侍るめり。はじめに『霞立つ』と置けるぞ、霞、波、雲、重疊して覺え侍る。但し『横雲の空』殊に強げに侍る上、左方猶甘心云云、『宿のあけぼの』負けて侍れかし。」

定家の「霞かは」あたり、判の前に右方顯昭あたりから痛烈な論難の出なかつたのが不思議だ。決して出來のよい歌とは思はれず、杜甫まで擧げて應援するほどのこともあるまい。家隆の雲霞波浪はとくと計算の上であらう。單に體言止のみが尊いのではない。一首そのものの調べの清く艷なるをこそ讚へらるべきだ。「負けて侍れかし」はお笑ひ草、高名な「六百番」判詞にも、このやうな生溫さやずるさは隨處に見える。師俊成すら家隆の最高の理解者ではなかつたのだらう。後鳥羽院の褒詞にも、作より人、特に遠島後の相聞の功への配慮があらはであつたとすれば、家隆はその意味でもマイナー・ポエットであることをさだめられ、かつそれに徹する以外になかつたのではあるまいか。

「院初度百首」詠進も『俊成假名奏狀』による必死の推輓の結果であり、定家の餘映は紛れもない。刻薄な推測ではあるが、もし定家のみは最初から撰定に入つてゐたら俊成は家隆、隆房等のために五度六度の申請を重ね、直訴までしたかどうか。四十歳を下限として最初の撰定線が引かれたとすれば、家隆は四十三歳、彼は六條家等の意趣によって除外されたのではなく無視されたのだ。經過、條件はともあれ彼はこの百首及び「千五百番歌合」で晩い青春の實りをたわわに示現する。

「初度百首」

春　谷河のうち出づる浪も聲たてつうぐひすさそへ春の山風
同　梅が香にむかしをとへば春の月こたへぬ影ぞ袖にうつれる
同　たちどまりなほ見てゆかむ春風のさくら吹きしく志賀の山ごえ
同　み吉野のたづぬるすゑは霞みつつたのむの雁のこゑぞかへらぬ
同　濡れつつも折りてはしらむ石ばしるたきついはねにかかる藤波
同　雪きえてのちさへたどる山ぢかな霞にのこる松の下折
同　はつせ山ひとむら霞むながめよりくもゐにあまる花の面影
同　曇るとは雪げのそらに見しほどにかすみもはてず春の夜の月
夏　つつみけむ昔やしのぶたちばなの匂ふか袖にくる螢かな
冬　浦づたひけふもみぎはの友千鳥いたくななれそ須磨の曙
戀　契らねどひと夜はすぎぬ淸見潟なみに別るるあかつきの雲
同　あふと見てことぞともなく明けにけりはかなの夢の忘れがたみや

瀧のおと松のあらしもなれぬればうちぬるほどの夢は見せけり　雑

歌はふたたびみたび清楚閑雅のひびきをかはす。かつて「堀河百首」に見せた高音の鋭い抒情はあとかたもない。ただ「はかなの夢の忘れがたみや」といふファルセットさながらの美しい詠歎がはたと讀者を立止らせる。本歌をいへば恐らく小町の「秋の夜も名のみなりけり逢ふといへばことぞともなく明けぬるものを」であらう。しかしそれは「ことぞともなく」なる戀のニュアンスに拘つた意味上の原典探しに墮する。この歌の生命は疑ひもなく下句の快速調のあはれに存する。俊成卿女「北山三十首」中の絶唱「暮れはつる尾花がもとの思ひ草はかなの野べの露のよすがや」と相呼ぶものあり、家隆にはめづらしい消音ヴィブラートが心に沁む。

「千五百番」歌

月はなほ霞の下にこほれどもみぎはにかへる志賀の浦波　春
春はまたそなたともなく飛ぶ鳥の花に匂へるゆふぐれの聲　同
花の散る木《こ》の下風《したかぜ》に臥しわびて誰《たれ》またあくる空を待つらむ　同
さらにまたなほ面影にさくら花やよひの雲のくれがたの空　同
時も時それかあらぬかほととぎす去年《こぞ》の五月のたそがれの聲　夏

身に近く鳴らす扇も楢の葉の下吹く風にゆくへしらずも　同

秋ぞくるまだしののめの景色より夕べの空は見えけるものを　同

とことはに變らぬ風も荻の葉に戦《そよ》ぐ音より秋のゆふぐれ　秋

雲消ゆる空をかぎりと澄む月のひかりもなるる秋の袖かな　同

から衣日もゆふぐれの空の色くもらばくもれ待つ人もなし　戀

おのづからたのむ夢路はむなしくていづるうつつの戀はおぼえき　同

時しもあれなどあながちにつらからむ秋は夕暮月は有明　同

逢ひにあひてもの思ふ頃のゆふぐれに鳴くや五月の山時鳥　同

入るまでは月は眺めついなづまの光の間にもの思ふ身の　同

思へども人の心の淺茅生におきまよふ霜のあへず消ぬべし　同

冒頭引用家隆一代の名作「思ひ出でよたがかねごとのすゑならむ」をも含めて、この百首の中の戀歌は粒揃ひであり、措辭のあざやかさはあたりを拂ふ。十五首中の過半數が何らかの意味で私を誘ふ。同じ「千五百番」戀十五首中に定家は「消えわびぬうつろふ人の秋の色に」と「尋ねみるつらき心の奥の海よ」を示し、これも亦一代の秀歌たるを失はないし、良經もまた「めぐりあはむかぎりはいつと知らねども」を見せてはゐるが、やはり家隆の張り滿ちた相聞歌には及ばぬ。時に家隆四十五歳、定家、良經は四十一に三十四、三者三様に私生活に愛慾の亂れをうかがはしめぬ中でも家隆は殊に不惑過ぎて三年、この心理の彩、詞の艶の見事さに私は虚が生んだ實、創作のまことと成果を見る。但し引用計七首の戀歌中、勝は「いなづまの光の間」一首に止まり、他は持、負と判されてゐる。左方が秀歌であつたゆゑならず、判者が顯昭であつたことに由來するのだらう。ちなみに持となつた「思ひ出でよ」の左、公經の歌は「荻の葉に露のかごとを結ばずば香をも人をも誰か恨みむ」であり、どれほど西園寺家に重みを加へても釣合ふものではなからう。「千五百番」歌に後れ先だつ「老若歌合」の五十首中には冒頭掲出作品「明けばまたこゆべき山のみねなれや」と「櫻花夢かうつつか」の二首を含む。前者の心は西行の餘香が仄かに感じられるが、詞の複雜微妙緩急を心得たつづけがらは、もはや西行などの及ぶところではなく、後者の玲瓏夢幻躰をつらぬく冷やかな調べは定家を越えよう。『壬二集』には制作時、順逆不同の戀歌が一群となつて二百五十首近く見える。家隆六萬首の傳説を生む多作ぶりの一端もここに知れよう。

たのまずようつろふ色の秋風にいざもとあらの萩の上の露
たのむべき夢路は絶えて思ひやるさかひ遙かに秋風ぞ吹く
おのづから見えては消ゆる夢のうちに契りしことやなほのこりけむ
菅原や伏見もよそのふるさとにまた絶えはつる夢の通ひ路

恨みても心づからの思ひかなうつろふ花に春の夕ぐれ
思ひ出づる身は深草の秋の露たのめしすゑや木枯の風
篠原や知らぬ野中のかりまくら待つもひとりの秋風の聲

「うつろふ花」以下の三首は有名な「水無瀬戀十五首歌合」中のものである。いずれも佳品であるが、なかんづく「木枯の風」は『新古今』戀五の巻頭に、これも同じ「戀十五首」定家の秀作「白妙の袖のわかれに露おちて」と竝べられた。歌合では家隆が十五番右で、左の宮内卿に勝ち、定家は最終七十五番左で、右の雅經に負けてゐる。建仁二年（一二〇二年）九月十三夜、あたかも一方では「千五百番」の加判進行中、翌月には通親の急死を見る頃である。後鳥羽院、九條家、御子左家の短い、しかし熱烈な蜜月の前夜であつた。家隆の作については俊成も上下句とも讃辭を呈し、定家には「『身にしむ色の秋風ぞふく』といへる、よろしからざるにはあらざるべし」と妙な保留を示して、つひに採らない。しかしまた雅經の勝歌「今はただ來ぬ夜あまたにさよふけてまたじと思ふに秋風のこゑ」は『新古今』に入らなかつた。蜜月、思へば院殊遇の女房俊成卿女、宮内卿そろつてこの歌合には召され、それぞれ「面影のかすめる月ぞ宿りける春や昔の袖の涙に」「聞くやいかにうはの空なる風だにも松に音するならひありとは」を詠じ、共に『新古今』を飾る。また同様入撰の有家「ものおもはでただおほかたの露にだに濡るれぱぬるる秋の袂を」、雅經「草枕むすびさだめむかた知らずならはぬ野邊の夢の通ひ路」も亦この十三夜の作であつた。

承久亂後の家隆が遠島の院に盡した心ばへは夙に保田與重郎著『後鳥羽院』に隈もなく傳へつくされてゐる。美談といふべきであらう。戀闕の殉情は永久に傳へられよう。承久以前にこの殉情の因ともなるべき破格の殊遇があつたとは思へぬだけに、家隆の一種頑な、思ひつめたやうな相聞は殊更に心を搏つ。秀能ならば當然であらう。寵愛を一身にあつめ、さらにその子醫王丸能茂も亦隱岐まで隨ふ、ただならぬ情をかうむつたからに、出家すら未練がましい感がある。一方定家の閨閥による對照的な繁榮、遠島との隔絶も家隆の至情を際立たせる。

『新勅撰』に定家は彼の歌を四十三首入集せしめた。自歌十五首、父俊成三十三首を遥かに超える最高位であつた。『新古今』入撰も同じ四十三首、不思議な偶然か定家の配慮かは、知るところではない。これも一つの眞實ではある。

しかし一方定家が寛喜元年（一二二九年）『明月記』に「愚眼の及ぶ所、今度の歌頗る秀逸に非ず。而も讚氣有り」と「女御入內屛風」歌の家隆作品に不滿を表し、加へて「此度、宜歌、唯『六月祓』許り尋常なり。（中略）前院の御時天下第一の歌と用ゐらる。時移り事去る」と苦々しげに戀冷めの言葉を吐いてゐるのも同じく反面の眞實であつた。家隆の子祐親、小宰相兄妹揃つて父の才を受けたが、その後は絕え、定家末裔の爭ひつつも榮える眺めと、これまた皮肉な照應をなす。『徹書記物語』には家隆の歌について「但、少し亡室躰のありて、子孫久しかるまじき歌《うた》様《ざま》なりとて、おそれたまひしなり」と告げてゐる。意味はさだかではなく結果論の嫌ひもあるが不吉な言葉だ。思へば『新古今』はもとよりその頽廢のゆゑに絶後の輝きをもつ。家隆はその深淵をさし覗きつつ冷やかに微笑してゐたのだらうか。彼の歌に「光」なる言葉の使用頻度の多いのは聞えた事實であるが、それはとりもなほさず彼の内部の限りない暗さを示すのだ。弱さを強さとしながら、ともすれば負の世界に誘はれ反の次元に遁れ、しかも徹し切れぬところに家隆の亡室躰は生れた。

志賀の浦やとほざかりゆく波間よりこほりていづる有明の月　　湖上冬月

不惑を過ぎた年「左大臣家冬十首歌合」で詠じたこの冬の月こそ、あるいは死にいたるまでの彼を領じた痛切な幻像ではなかつたらうか。

# 2 俊成卿女・宮内卿

## いのち候ひて・俊成卿女

『新古今和歌集』戀歌二は俊成卿女一代の榮譽であり、彼女の生涯の晴はここに集約されたと言つても過言ではあるまい。元久二年（一二〇五年）三月二日、月末の竟宴に備へて部類按配中の和歌所寄人に、定家、家隆、押小路女房の三人の作を巻首に立てよとの命があり、女房すなはち俊成卿女は、

下燃えに思ひ消えなむ煙だにあとなき雲のはてぞかなしき

が、その戀歌二の第一首に据ゑられた。それのみではない。彼女の代表作、

面影のかすめる月ぞ宿りける春や昔の袖の涙に

も亦、戀二の終章を飾り、しかもそれはかつての夫源通具の「千五百番」歌、

わが戀はあふをかぎりのたのみだにゆくへも知らぬ空の浮雲

に竝べられてゐるのだ。この排列の意圖が那邊にあつたかは知らず、彼女にとつては「下燃え」の巻頭と共に忘れ得ぬ形見、今生の思ひ出となつたことだらう。歌人としては凡庸、別れて後にさへ彼女に出詠歌代作を頼んでゐた形跡のある通具にしては、『古今集』の露骨な本歌取とはいへ、まづまづの出來、巻中相聞とは思へぬまでも彼女を慰めるよすがとはなつたらう。院の、作者に卽した微妙な配慮ととつても大過はあるまい。

それはともかく戀二にはこの片思ひの鴛鴦歌に續いて定家の、これも俊成女の「おもかげ」と同じく「水無瀬戀十五首歌合」の「とこの霜枕のこほり消えわびぬ結びもおかぬ人のちぎりに」が置かれ、さらにまた有家、秀能、越前の三人を隔てて、『新古今』戀歌四百三十五首中の白眉かつ雙璧、「六百番歌合」中の「祈戀」、

幾夜われ波にしをれて貴船川袖に玉散るもの思ふらむ　　良經

年も經ぬ祈るちぎりは初瀬山尾上の鐘のよそのゆふぐれ　定家

が眩ゆい光輝を放つ。

戀歌一は讀人不知に始まり、三は儀同三司母、四は清愼公、五は定家の名作「白妙の袖の別れに露落ちて」が巻頭に見える。いづれの巻も心を盡した編輯であることは勿論だが、やはり俊成女、定家巻頭の二と五は見るべきものあり、五に讀人不知歌の夥しいのを考慮に入れれば當代歌人の秀歌ひしめく感のあるのは二、それゆゑに彼女の榮譽もさらに華やかな趣を添へるのだ。下命前は巻頭作者を物故歌人に統一し、當代、特に御子左家作者は巻末近くに插入してゐた樣子である。『新古今』二十巻、末巻の神祇釋教を別とすれば、戀歌五巻以外の巻頭作者は順に、良經、後鳥羽院、持統帝、家持、家隆、俊成、仁德帝、遍昭、貫之、元明帝、俊成、河島皇子、道眞の十二人となる。俊成は二度で別格、院、良經は當然のことであらう。さうすれば當代の定家、家隆、特に俊成卿女の光榮は推して知るべきである。

「下燃えの少將」などといふ周防內侍紛ひの異名雅稱や「押小路女房」の便宜的な呼名は例の他として、正式の女房名を「俊成卿女」と定められたことも、彼女にとつては譽であり、祖父にして養父なる耆宿俊成の名を汚さぬために、あるいはみづからに鞭打ち叡慮に應へようと研鑽《つと》に力めたことだらう。

俊成卿女の實質的な初登場は「千五百番歌合」、三十歳をやや過ぎた頃であった。歌才により召出され後鳥羽院女房として出仕した年であり、逆に言へば院は「千五百番歌合」、續く『新古今集』敕撰を前提として彼女に注目してゐたのだらう。前年建仁元年（一二〇一年）八月十五夜彼女は初めて俊成卿女名で「和歌所撰歌合」に出席する。既に二箇月前「千五百番」作者の中に撰ばれてゐた彼女は、續く「仙洞句題五十首」で「下燃え」を詠出し院の期待に添ふ。かねてから祖父俊成の薫陶を受けてゐた彼女はその期待をさらに越え、「千五百番」（「院三度百首」）に爆發的な才能の開花を示すのだ。右方第七番、釋阿俊成に從ひ、丹後、越前に先んずる。左方の宮內卿が同じ七番、季能に續き讃岐、小侍從に先立つのとよき對照をなし、院の愛顧がこの二人にかかつてゐることを物語らう。

明けやらぬ谷の戸過ぐる春風にまづ誘はるる鶯のこゑ　春一
梅の花あかね色香も昔にておなじかたみの春の夜の月　春二
風通ふねざめの袖の花の香にかをる枕の春の夜の夢　同
山路をばおくりし月をたよりにてそことも知らぬ花にくらしつ　春三
暮れぬともなほ春風は吹きかよへ吉野の奥の花の青葉に　春四
人知れぬ音《ね》にはつくさで時鳥《ほととぎす》待つ夜の月のかげに語らへ　夏一

杜鵑《ほととぎす》鳴くありあけの空はれていづくの露の袖に散るらむ　夏二
秋くれば身にしむものとなりにけりきのふも聞きし荻の上風　秋一
いかなりし夜半《よは》のあはれに月もまた秋に光をちぎりそめけむ　同
秋もなほあはれぞありし夕まぐれかかる嵐の風はなかりき　冬一
思ひ寝の夢の浮橋とだえしてさむる枕に消ゆるおもかげ　戀一

勝負の率は三十名中第六位を占め、『新古今』入撰はこの百首中七首であつた。他はともかく「梅の花あかね色香も」と「風通ふねざめの袖」の二首は俊成卿女の艶麗な歌風を代表するものであり、この濃厚な修辞の魅力はライヴァル宮内卿になく、式子内親王ともおのづから分つところがある。『新古今』入撰は計二十九首であるが、内四首は院直撰によるものと思はれ、中でも、

橘の匂ふあたりのうたた寝は夢も昔の袖の香ぞする

は戀二の「おもかげの霞める月ぞ」及び「千五百番」の二首と共に彼女の最盛期のベスト4と言つてよからう。いづれも夢の中のうつつ、花月の幻像に醉ひ、かつは醒め、その儚いコンミューンにおのが生を託し、短い命を賭ける王朝崩壊期の人の心が鮮やかに表現し

つくされてゐる。手法の上でもこれだけ複雑微妙を極めた作は珍しく、定家の妖艶から一歩退いたところから別の次元へさまよひ出た感がある。

「春やむかしの袖の涙に」はその典型と稱すべきだらう。袖の涙、涙の露、露に映る月、その月にはかつての愛する人の面影が浮ぶといふ遡行的な幻想重疊法、それを縦の線として横にはその涙こそかつての相愛の春の日を偲ぶ涙と、業平の名作の今、昔照應がたなびきかげろふ。巨視から微視に小刻みに心の景を描き移しつつ助詞「に」であやふく歌は終り、終つた瞬間から涙に潤んだ月、月に立つ面影へ旋回還元する心詞のアラベスクは讀者をあらぬ世へ誘ふ。

この歌の「春やむかし」の心は後後、越部禪尼となつて隱棲してから彼女がこの榮光の一時期を懷しむ思ひに通ふものがある。彼女には『新古今』、後鳥羽院のみが花であり光であつた。

「『新古今』また、春の花・秋の紅葉をひとつにこきまぜて、鳳凰池の秋の月、梁苑の雪の夜とかやうたひし心地して、御てづからなる詞づかひまでめづらしく、けだかう、おもしろく……」

とは彼女が定家の子爲家に送つた消息の中の言葉であるが、この時にも、既に世に無い『新古今』歌人の面影を浮べる月光が、彼女の袖の涙に映じたことだらう。當時入寂近い八十二歳、そのかみ彼女が仕へ、學び、肩を竝べた人人は、彼女をおいてことごとく世を去つてゐた。小侍從、式子內親王、寂蓮、守覺法親王、宮內卿、俊成、通親等は『新古今』竟宴以前としても、その後、良經、兼實、顯昭、有家、雅經、長明、さらに承久亂後は慈圓、通具、土御門院、家隆、後鳥羽院、良平、秀能、定家、順德院と續き、もはや『新古今』はその生證人も彼女一人となつてしまつてゐた。ゆかりの僧道元も前年に世を去つてゐる。なまじ明らかな目と耳と心は點鬼簿を展げて過去へ過去へと遡り、ふたたび現實に戻り、せめてもの存念をそれも六十近い爲家に告げる他はなかつたのだ。有名な、

「『新敕撰』はかくれ事《ごと》候はず候。中納言入道殿ならぬ人のして候はば、取りて見たくだにさぶらはざりしものにて候。さばかりめでたく候ふ御所たちの一人もいらせおはしまさず、其事となき院ばかり御製とて候ふ事、目もくれたる心地こそ候ひしか。歌よく候らめど御爪點《つまてん》あはされたるはいださむと思召しけるとて、入道殿のえり出させ給ふ歌七十首とかや聞え候ひし。かたはらいたや、とうち覺え候ひき。」

といふ『新敕撰』彈劾の一節は、あるいは物故『新古今』歌人すべてを代表する遺憾の辭ではなかつたらうか。ここでは後鳥羽、順德、土御門三上皇の、就中後鳥羽院の歌の締出されたことへの憤懣をぶちまけてゐるのだが、彼女もそれが權力者の強請によるものであることは仄聞し、あながち定家の責とは斷じてゐない。何よりも後鳥羽、後堀河では器が違ふと言ひたいのだ。そして成立の經過顚末は別として『新敕撰』のもつ性格、歌風そのものが彼女には花を棄てた空しい實、詞と共に心をも喪つた詞華集の形骸に見えたのだら

う。『新古今』以後かかる模倣の敕撰集が出ねばよかつた。これを改めこれを越えるものが出るはずも出てよいはずもない。それは彼女の確信であり、むしろ希求に近いものであつたらう。

侍從具定母の名で入集された歌七首、その中に、

とへかしな淺茅吹きこす秋風にひとりくだくる露の枕を

のまじつているのが僥倖に似ると思はれるくらゐ、この集の無味平明淡白の傾向は著しい。家隆、良經、俊成、公經、慈圓、實朝、道家、雅經の順に多數入撰を見ながら何とまづしい眺めであることか。公經三十首をとやかく言ふのは言ふ方が野暮だらう。道家二十五首も同斷、實朝二十五首も單に對鎌倉への挨拶ととるのは邪推である。要は何が擇ばれたかであらうし、結果的には爲家の言、

「さきの『新敕撰集』は定家老いの後重ねて承る。そのころほひの歌、ことばを飾りて、まこと少きさまを人おほく好み、世みな學べるによりて、姿すなほに、心うるはしき歌をあつめて、道にふけるともがら、心をわきまふるたぐひあらば、歌の道世に傳はれとて、えらびまつれりき。」

がことごとく裏目に出たに過ぎぬ。「姿すなほに、心うるはしき」とは重寶な詞である。

藝術は致死量すれすれの毒によつてその完全な美を支へてゐることを、あへて見ようとせぬ凡愚菲才の徒の金科玉條、愚民政策綱領の最たるものだ。爲家の所感はいざ知らず、父定家の心理はもつと屈折したどす黑いものだつたと思はれる。

院の隱岐本にあらはな綺語追放、狂言放逐に似た戀冷めの改撰と、定家の撰歌はどこかで軌を一にし、どこかで見事にすれちがひ、共に『新古今』を憎惡してゐるのだ。「とへかしな」は「衞門督の殿への百首」中のものである。奸雄通親の子通具、一たびは俊成卿女を妻としながら建久の政變を機に彼女を棄て、權勢竝びない從三位按察局を娶り、正治二年（一二〇〇年）正月三日には得得と新妻同伴で參內する男、この薄志弱行かつまた歌才無きに等しいほぼ同年輩の前夫に俊成女はこの後永く永く、一すぢに戀慕求憐の歌を獻じつづけ、つひに二夫に見えることなく、片親の忘れ形見具定を養ひ、この一子にも先立たれる。

武藏野の草のゆかりに鳴く雉子《きぎす》春はむかしのつまならねども
しのばじなわれも昔の夕まぐれ花たちばなに風は過ぐらむ
ながむれば空やは變る秋の月見し世をうつせ袖の淚に
見し人もなきが數添ふ世の中にあらましかばの秋の夕ぐれ

求憐の百首は綿綿嫋嫋と續く。すべて「おもかげの霞める月」の變奏曲、思へば「水無瀬戀十五首」のあの傑作も亦、あるいは通具への相聞ではなかつたか。『俊成卿女集』に見える「月花五十首」、「北山三十首」及び前記の百首は『新勅撰集』撰定に臨み七十歳の頃定家に送つた自撰歌と覺しい。送らずとも定家は姪にして義妹の彼女の作はほとんど知つてゐたらう。それならば出家後、四十半ばの頃の「北山三十首」中の白眉、

暮れはつる尾花がもとの思ひ草はかなの野べの露のよすがや

を見なかつたはずもなく知らぬ道理もない。ただ當時の定家はこれを顧ない。『新古今』の名殘のひびきさやかに、それこそ心詞共に優にして艶なこの一首を、私は俊成女の一つの新生面、『新古今』以後の最高作と考へるが、それはそのまま『新勅撰』とは相容れぬ世界、文體であつた。

承久亂を境として俊成女は宮中を退く。當然のことであらう。その後數年して堀川大納言正二位となつた通具が死ぬとしばらくして、浮世を避けるやうに嵯峨に移り棲む。そうして長男具定は三十七歳で侍従正三位のまま歿し、定家も八十歳で一期を終ると、彼女は風に追はれるやうに京を離れ、七十過ぎた老軀の最後の據、播磨の越部へ赴き、ここに居

を定める。かつて後鳥羽院乳母、卿二位兼子は、その専横驕慢の一生の晩年を物慾に絡まる係争に明け暮れ、果ては群盗に蓄財を強奪されて、寛喜元年（一二二九年）失意のうちに卒した。この惨澹たる末路を思へば俊成卿女の最晩年八十二歳は、文筆心緒いやさらに冱え、さすがと肯かせるものがある。消息には、

「いのち候ひて、かかる御事を見聞き候ひぬる、かつがつ阿彌陀佛の御迎へのちかづき候と、たのもしく候。

雲のいろのうす紫に光さす西のむかへのおひかぜや吹く

秋風にみだれしつゆに濡れわかで消えなましかばと思ふさへこそ」

と記しとどめた。

母、定家長姉五條尼上から傳へられたこの越部荘の地頭濫妨に鬪り、『新敕撰』入撰の北條泰時の作「世の中に麻は跡なくなりにけり心のままの蓬のみして」なる題不知の雑歌一首を逆手にとり、「きみひとりあとなき麻のみを知らばのこる蓬がかずをことわれ」と詠み送り、ために泰時愕然としてただちに粛正に踏切つて應へたといふ逸話も、彼女の老いの氣概凜乎たることを證するものだらう。

## 心にぞとふ・宮内卿

うすくこきのべのみどりの若草にあとまで見ゆる雪のむらぎえ

早熟の英雄かつは天才であつた後鳥羽院は「千五百番歌合」判進完了時二十三歳、當然のことに蝟集拜跪する公卿歌人等はおよそ父に等しい年配の者ばかりで、俊成、小侍從、顯昭ら『詞花』、『千載』時代の生殘りは例外としても、寂蓮は還暦を過ぎ、慈圓、定家、家隆、有家みな四十を過ぎ、ある者は五十に近く、良經、雅經、通具等も十歳前後年長、齡近似した言葉敵《がたき》、同世代の共感と好意を頒ち得る近臣はほとんどゐなかつた。

青年後鳥羽が當時十七、八歳の天才少女宮内卿、十九歳の好漢北面の武者歌人秀能を寵愛したのはゆゑあることであつた。宮内卿は間もなく十代で世を去り、秀能はその猶子醫王丸と共に承久亂を通じて溺愛に近い叡慮をほしいままにする。寵姫龜菊、元乳母卿二位兼子から末は盜賊交野八郎にいたるまで、院の偏愛と氣紛れは微笑を誘ふものさへあるが、歌にかかはる兄と弟妹的相聞のゆかしさは秀能と宮内卿にきはまらう。『增鏡』、「おどろのした」はこの間の事情の機微を穿つて餘すところがない。宮内卿に關しては、「男も女もこの御代にありて、よき歌詠み多く聞え侍りし中に、宮内卿の君といひしは、村上の帝の御のちに俊房の左の大臣と聞えし人の御末なれば、早うは貴人《あてびと》なれど、司淺くてうちつづき四位ばかりにてうせにし人の子なり。まだいと若き齡にて底ひもなく深き心ばへをのみ詠みしこそ、いと有難く侍りけれ。この『千五百番の歌合』の時、院の上のたまふやう、『こたみは皆世にゆりたる古き道の者どもなり。宮内は未《まだ》しかるべけれども怪《け》しうはあらずと見ゆめればなむ。構へてまろが面《おもて》おこすばかりよき歌つかうまつれ』と仰せらるるに、面うちあかめて涙ぐみてさふらひける氣色、限りなき好きのほどもあはれにぞ見えける。さてその御百首の歌、いづれもとりどりなる中に、

うすくこきのべのみどりの若草にあとまで見ゆる雪のむらぎえ

草の綠の濃きうすき色にて、こぞのふる雪の遲く疾《と》く消えけるほどをおしはかりたる心ばへなど、未《まだ》しからむ人はいと思ひよりがたくや。この人、年積るまであらましかば、げにいかばかり目に見えぬ鬼神をも動かしなましに、夭《わか》くしてうせにし、いといとほしくあたらしくなむ。」

と彼女の儚いしかし眩むばかりの榮光の一瞬を書きとどめてゐる。あるいは宮内卿論はこれに盡きこれに勝るものはないかとも思はれる。

この文章には省略されて出自はいかにもあはれに感じられるが、實を言へば父は師光、生蓮法師。「千五百番歌合」の祝と戀一の判者をつとめた歌人であり、兄は具親、撰和歌所寄人、「正治二度百首」の作者であるから、俊成卿女には及ばずともやはり和歌の名門の一人であり、宮内卿は十五、六で出仕した時既にその才質隠れもなく、院の期待を負つてゐたのだ。彼女の歿年は不詳とされてゐるが元久元年にしろ二年にしろ『新古今』竟宴

には遇《あ》はなかつたらう。自作十五首入撰についても知ることはなく、ただ院に仕へ作歌に命を賭けた數年のみが彼女のすべてとなつた。「千五百番」に先立つ「老若五十首」で左方の老、すなはち忠良、慈圓、定家、家隆、寂蓮に對し、右方の若、後鳥羽院、良經、雅經の側に越前と共に列したことなども忘れがたい歡びであつた。二十に滿たぬ短い生涯、この夭逝の悲劇のゆゑに彼女の作はいやさらに光を浴びる。そしてその劇的な附帶條件抜きにしても決して紛れることのないいくつかの秀歌はたしかにある。『新古今』入撰十五首は前記「若草」の他、次の通りであつた。

かきくらしなほふる里の雪のうちに跡こそ見えね春は來にけり　「老若五十首歌合」

花誘ふ比良の山風吹きにけり漕ぎ行く舟のあと見ゆるまで　「仙洞句題五十首」

逢坂やこずゑの花を吹くからに嵐ぞかすむ關の杉むら　同

柴の戸をさすや日かげのなごりなく春暮れかかる山の端の雲　「道親家影供歌合」

片枝《かたえ》さす麻生《おふ》の浦梨初秋になりもならずも風ぞ身にしむ　「千五百番歌合」

思ふことさしてそれとはなきものを秋の夕べを心にぞとふ　同

心あるをじまのあまの袂かな月やどれとは濡れぬものから　「和歌所歌合」

月をなほ待つらむものかむらさめのはれゆく雲のすゑの里人　同

まどろまで眺めよとてのすさびかな麻のさごろも月にうつ聲　同

霜を待つ籬の菊のよひの間におきまよふいろは山の端の月　「仙洞句題五十首」
立田山あらしや峯によわるらむわたらぬ水も錦絶えけり　「院二度百首」
からにしき秋のかたみやたつた山散りあへぬ枝に嵐吹くなり　「老若五十首歌合」
聞くやいかにうはの空なる風だにも松に音するならひありとは　「水無瀬戀十五首歌合」
竹の葉に風吹きよわる夕暮のもののあはれは秋としもなし　「老若五十首歌合」

制作最盛期三年がほどに集中された彼女の作に前後を検《しら》べる要はさらさらないが、「秋の夕べを心にぞとふ」とはまさに青春の晩年の凄じい趣である。詠出十五歳であらうと十九歳であらうと、この歌には前世後世の半ばに漂ふうつし身のあはれが深い翳を落し、優しくひめやかな調べは內へ內へと籠って、さながら霧中水底の音を奏でる。「あとまで見ゆる雪のむらぎえ」「漕ぎ行く舟のあと見ゆるまで」「嵐ぞかすむ關の杉むら」これらの沍え沍えとした秀句表現はたしかに天才少女の面目躍如たるものがある。後鳥羽院も思はず膝を叩き目を細めたに違ひない。御子左家の綺語傾向を一刹那吹き拂ふかの清清しいひびき、綠地に白の直線錯綜、大景の屛風繪の前面に才氣煥發の宮內卿が息をはづませて立つてゐる。『新古今』新風の唐草模樣の中に一きは目立つもう一つの新風のさはやかさを私はこよなく思ふ。
しかし「思ふことさしてそれとはなきものを」は暗い。暗いゆゑになほうつくしい。

『新古今』秋歌二百六十六首の蕭條、凜烈、深沈の眺めをよそに立昇る一すぢのかなしみの煙、一首のほとんど意味を成さぬ呟きは、無意味であるゆゑに拒みがたい憂悶を以て讀者をとらへる。

この歌に通底する趣は「もののあはれは秋としもなし」に現れるが「なし」の打消はことわりめき、もはや「心にぞとふ」の餘韻はあとかたもない。『徹書記物語』は「聞くやいかにうはの空なる風だにも」を「骨髓にとほりて面白き歌」と稱へた。まことに正徹のめがねにかなひさうな定家調の力作ではある。だがこれなら俊成卿女に及ぶものではない。「千五百番」歌も問題の「若草」以外に、さしたる秀歌はない。

きさらぎや雪散る風に枝さえて咲き出づる花や立ち止るらむ　春二
庭は冬こずゑは花のここちして春にもあらず花ぞ散りゆく　春四
宿やあらぬ花や五月《さつき》の花ならぬ山時鳥よそにのみして　夏二
風の音《おと》にものわびしかる秋はきぬいづくに宿を思ひさだめむ　秋一
見る人の心つくせと初秋の空よりかはる夕月夜かな　秋二
忘れずばまた來《こ》む秋の空までと雲にたのむる有明の月　秋三
夜夜をへてこゑとほざかるきりぎりす栖《すみか》は同じすみかなれども　同
空も海も一つにかよふみどりかな月さへ浪に有明の色　秋四

花にとひし跡をたづねて待つ人もこずゑの雪に嵐吹くなり　冬二
見渡せば氷の上に月さえて霰波よるまののうらかぜ　冬三
とへかしなしぐるる袖の色に出でて人の心の秋になるみを　戀二

業平はともかく俊頼の露骨な本歌取など稚氣を感じさせて却つて面白いが、いづれも今一歩のところで凡歌に終つてゐる。後鳥羽院御判の秋二、三には比較的佳品があるが、それにしても十首中勝四持四負二、しかも負の一つは俊成に對するもの、院の手心と思はれる節も多多あり、これまた面白からう。短い一時期に炎え上り炎えつきる歌のかなしみ、それも智慧の力で創り出さうとする健氣さを、少くともこの「千五百番」當時の青年後鳥羽は目を輝かせて推し、嘉したのだらう。後年隱岐本では『新古今』十五首中「嵐ぞかむ」と「秋の夕べを」の二首を削除してゐる。選りに選つて彼女の正負兩面を顯はす秀作をなにゆゑ切出したのか。他の削除歌同様その意圖は奇怪であり臆測を許さないが、前者は「漕ぎ行く舟のあと」との二者擇一、後者は長明の「ただわれからの露のゆふぐれ」との對比上のことではなからうか。宮内卿の前には一首隔てて三夕、定家の「花も紅葉もなかりけり」が消されてゐるのも訝しい眺め、奇妙な因縁である。

俊成九十の賀の砌、彼女は恩賜の法衣に縫ひとるべき賀歌を召される。刺繡を命ぜられたのは建禮門院右京大夫であつた。世が世ならばの思ひは右京大夫の胸の中に波立つたことだらう。もはや四十も半ばを過ぎ中宮徳子に仕へた昔は夢のまた夢、歌人としての譽もまた過去に忘れ去られた彼女は家集にかう書き止める。

「ながらへてけさぞうれしき老の波やちよをかけて君につかへむ

とありしが、給《たまは》りたらむ人の歌にては今少しよかりぬべく心のうちに覺えしかども、そのままにおくべきことなれば……」

辛辣な宮内卿評價である。俊成自身の歌ならもう一寸ましだつたらう。だが放つておく他はないと心の中で呟きながら、紫の絲を針に通す右京大夫の心ばへにはそぞろあはれと畏れを感じる。結局「ぞ」を「や」に、「む」を「よ」に變へて刺繡し終るのだが、この冷やかな眼は宮内卿に對する當時の殿上人、特に女房連に共通したものではなかつたらうか。後鳥羽院の殊遇は一方で彼女に針の莚をも與へることになつたのだ。賀歌は賀歌、挨拶は挨拶、右京大夫が詠んだとて、はたまた定家が作つたとて大して變りばえのする道理はない。院が『新古今』では一顧だに與へなかつた右京大夫の作を、定家は『新勅撰』で二首採つた。淡淡たる述懷歌と常凡な賀歌紛ひの贈歌、同じ二首の宮内卿の「千五百番」歌「とへかしなしぐるる袖の」と「津の國のみつとないひそやましろのとはぬつらさは身にあまるとも」の方が數段と達意巧者であり、ここでも見返られたかたちと言ふ他はない。

「秋の夕べを」の推薦者は定家一人であつた。『美濃の家づと』も『尾張廼家苞』も『新古今和歌集詳解』も決して高くは買つてゐない。『續歌仙落書』作者も彼女の『新古今』歌を七首拔きながらこの歌は逸してゐる。薄命とは宮内卿の束の間の人生のみではなく、この歌の上にもさしそふ暗い光の謂であつた。

## 3 寂蓮・慈圓

### あとのゆふぐれ・寂蓮

寂蓮も亦「千五百番歌合」を一期の思ひ出に世を去つた『新古今』歌人の一人であつた。享年六十四歳、建仁二年（一二〇二年）七月八日。その執拗な論戰の樣を相手の顯昭と共に特筆された「六百番歌合」は五十五歳、最初の歌合出席と覺しい敦賴主催俊成判「住吉歌合」は三十二歳の時であり、その青年時代は俊成の猶子として、俊成の當初の希求通り、まさに未生の定家の代りとして、彼に隨伴し踵を接しての日常に明け暮れた。歌人としての自由な生は、定家十歳を過ぎ麒麟兒の面目やうやく明らかになり、寂蓮と號して嵯峨に隱れた三十半ばから始まる。醍醐寺の阿闍梨俊海を父とし、父の兄弟には俊成の他に天台座主となつた快修を初めとして數人の出家を數へる。緣に繫る大原三寂、さらにそのゆかりには西行、彼の遁世の願ひもあながち定家成人ゆゑのみならず、世相環境のしからしめるところであつたと思はれる。半俗の、都とは常住關聯を保ち一種便宜的な出家であることも風潮の一つであり、これまた西行に倣ふところが少くはなからう。

經歷は舊く永い。『千載集』歌人の末に名を連ね、その頃既に五十歲初老の人である。にもかかはらず寂蓮は『新古今』あつての寂蓮、俊成、定家の間に暈されながらも、西行に半面の光を奪はれながらも、この詞華集によつて彼の名は記憶され、その歌は語りつがれる。死後に、それも二年の後の竟宴を冥府からさし覗く運命も、考へてみればいかにも寂蓮らしい裏目と言へよう。ただ彼の秀作のほとんどは入撰三十五首に網羅される。至福と言ふべきであらう。御子左家の一翼を擔つた幸と不幸の文目《あやめ》の、その燻銀の輝きは次の數首にもいちじるしい。

いまはとてたのむの雁もうちわびぬおぼろ月夜の曙の空　「六百番歌合」

おもひたつ鳥は古巣もたのむらむ馴れぬる花のあとのゆふぐれ　「千五百番歌合」

散りにけりあはれうらみのたれなれば花のあととふ春の山風　同

くれてゆく春のみなとは知らねども霞に落つる宇治の柴船　「老若五十首歌合」

さびしさはその色としもなかりけり眞木たつ山の秋のゆふぐれ　「左大臣家百首」

もの思ふ袖より露やならひけむ秋風吹けば絶えぬものとは　「初度百首」

むらさめの露もまだひぬ眞木の葉に霧たちのぼる秋のゆふぐれ　「老若五十首歌合」

おもひあれば袖に螢をつつみてもいはばやものをとふ人もなし「良經家十題撰歌合」
里は荒れぬむなしきとこのあたりまで身はならはしの秋風ぞ吹く「和歌所影供歌合」
來ぬ人を秋の氣色やふけぬらむうらみによわる松蟲の聲「六百番歌合」
これやこの浮世のほかの春ならむ花のとぼその曙の空「左大臣家百首」

就中「おもひたつ鳥は古巣も」「くれてゆく春のみなとは」の二首は彼一代の名歌であり、王朝春の歌夥しい中にかならず數へられてしかるべき非凡の調べである。「馴れぬる花のあとのゆふぐれ」といひ「霞に落つる宇治の柴船」といひ、單なる情緒、單なる大景、秀句に止まつてはゐない。暮春の、命すら暮れてゆく季の、纏綿たるなごりと悠久の觀が、一方は微妙な曲線旋回調で一方は直線の眺望風に間然するところなく表現されつくしてゐる。

これら御子左家の餘情妖艶と幽玄、あるいは有心の深奥をさりげなく匂はせ漂はせ、もの懷しくゆかしい後味を感じさせる點、手練の技と言へよう。圭角の無い圓熟味は訴へる力の稀薄さに繫らうが、それは無いものねだりであらう。寂蓮も亦この意味では傑れたマイナー・ポエットと言つてよい。また西行ももとより晴の歌を詠まず、あくまでも私的な述懷の中に一つの世界を築いたといふ點ではこの榮えある賤稱を甘受せねばならぬ歌人の典型であつた。三夕の夕暮、『百人秀歌』の今一つの夕暮の洗練された文體には却つて寂蓮の本領は見えにくい。それよりも釋教歌にさへ官能的なうつつの美を搖曳させ、法悦の吐息を洩らす樣はさすがであり、これこそ伯父にして養父釋阿俊成の名歌「いにしへの尾上の鐘に似たるかな岸うつ波のあかつきの聲」を『新古今』調で再現した感がある。彼の手法の反復變轉深化はたとへば「六百番」、「千五百番」にも明らかである。

「六百番歌合」

鶯の花のねぐらは荒れにけり古巣に今やおもひ立つらむ　殘春

恨みても散りにし花をたづねばや扇ぞ風のやどりなりける　扇

あたりまで梢さびしき柞原《ははそはら》ふかくは何をおもひこむらむ　柞

いかにして露をば袖に誘ふらむまだ見ぬ里の荻のうは風　聞戀

貴船川百瀬は浪に分け過ぎぬ濡れゆく袖のすゑのたよりに　祈戀

「鶯の花のねぐら」は「千五百番」で「花のあとのゆふぐれ」に轉身を遂げる。「六百番」中陳腐の譏りを免れるのは『新古今』の二首の他は右の五首くらゐであらう。定家、良經の秀拔無類あたりを拂ふ新風誇示の影で寂蓮の作はいかにも色褪せて見える。俊成の庭訓祕傳を内輪内輪に服用遵守してかりそめにも埒を越えぬ詠法はむしろ齒痒い。しかしその尋常さ、御子左家美學の範疇内での深化、純化を希ふ心ばへこそ寂蓮の使命であり宿命だつた。「六百番」百首を眺める時、かの鎌首の執念と闘志はどこから炎え上つたのかと不審でさへある。

寂蓮の作は題を切離して論ずれば空しい結果とならう。特に漢語四字結題《むすびだい》などの場合、題は作品の一部となる。題を消して一首孤立させれば、もはや形骸となり果てることも多多あり得る。

螢火秋近

いまはただ一夜《ひとよ》ばかりや夏蟲の燃えゆく末は秋風のこゑ

夜思水鳥

谷ふかき夜半のうきねや松風のほのかに埋むをしの一こゑ

これは一例に過ぎない。無題と結題の差異を見極めて懇切にとりなした彼の達意の歌が、果して詩歌そのものの價値にいかにかかはつたかはおのづから別問題であらう。『後鳥羽院御口傳《かた》』の、

「時時難き題を詠じ習ふべきなり。近代あまりに境《さかひ》に入り過ぎて、結題の歌も題の心いとけなけれどもくるしからずとてこまかに沙汰すれば、季經が一具に言ひなして平會する事、頗るいはれなし。寂蓮は大きに不請《ふしやう》せしなり。『無題の歌と結題の歌と同

じ様《やう》なり。詮もなし』と申しき。もつともいはれあることなり。寂蓮はことに結題をよく詠みしなり。」

も、讃辭に見えながらまことに相對的な評價である。『口傳』中の結題論は結果的には季經と定家を貶し、寂蓮と良經に花をもたせる趣を呈する。そして詠歌修行の一方法として結題練習がありその達人に寂蓮がゐたといふに止まるのだ。しかしこの程度の事にすら院に名を擧げられるのは死後の名を高めるに足る無上の叡慮に屬する。定家は辟易して眉を顰めた院の熊野御幸に進んでお伴を乞ひ、出家の身を利して鳥羽殿にも伺候し、和歌所寄人六人の一人にも異例の拔擢を見る等、俊成讓りの柔軟な處世術は、この『口傳』にも投影したのであらうか。

あづま路や春のゆくへをこよひより夢にも告げようつの山踏　春四
夏刈の蘆間に波のおとはして月のみのこるみほのふるさと　夏二
夏もなほ草にやつるるふるさとに秋をかけたる荻の上風　同
秋を經てよそに思ひし夕べよりたまらぬものを荻の上風　秋一
たれかまた千千《ちぢ》におもひを碎きても秋のこころに秋の夕暮　秋二
初雁のきこゆる空をながめても心にかはる春のあけぼの　秋三
心とやひとり明石の濱千鳥友まどふべき夜半《よは》の月かは　冬二

たが里の露をば袖に拂ふらむ蓬がもとは風にまかせて

「千五百番」は無題に等しい。題に救濟されることのない孤立の一首一首に寂蓮は心詞を傾けつくす。しかし「古巣もたのむ」鳥のあはれを越えるものはない。

歌聖、歌仙の跡をまめやかに尋ね、喜撰、人麿を偲び、あるいは西は出雲、東は武藏まで漂泊の旅に出た寂蓮の心の軌跡は、家集の歌の行間に察する他はない。西行遁世の前年に生れ、榮西建仁寺創立の年に死んだ彼の魂は、つねに「あとのゆふぐれ」を彷徨してゐたのではあるまいか。常になにものかに後れる苦味を嚙みしめながら、かつは古巣をたのみながら。

## 未來記なれば・慈圓

十歳で父忠通に死に別れた慈圓は翌年出家して叡山の青蓮院門主、覺快法親王の弟子となつた。攝關の名門に生れても上には基實、基房、兼實、兼房等異腹同腹の兄が控へてをり、結果論ながら五男六男もそれぞれ惠信、信圓と號して興福寺の別當から大僧正に進んだその家の七男、これが最も賢明な策であつたかも知れぬ。母皇嘉門院女房加賀局は二歳の時死に、父の死と共に孤兒となつた悲歎によるといふ說も、また鼻が異常に巨大で、ために遁世の道を選んだといふ逸話も、それぞれに主要因の裏づけではあらうが、眞實は誰かの示唆教導による轉身と解した方が妥當だらう。貴種の出家には必ずしも悲劇的な背景ばかり用意されてゐるわけではない。處世術であり永年就職である例の方がより多からう。地下《ぢげ》も亦、似たような事情が常に介在する。

　ただたとへば西行、寂蓮などの半俗出家、その他貴俗の名目上の剃髪とは本質的に趣を異にして慈圓の僧侶としての修行は嚴格を極め、十年を閲した頃は千日入堂の捨身の苦行を試みてゐる。折しも叡山では學侶と堂衆の反目が最高潮に達し、日日紛爭が續いてゐた。佛法の城も亦修羅、法燈を掲げてゐるだけにこの醜狀は皮肉であり、夢想家青年道快、後の慈圓も烈しい疑惑を覺えたことだらう。滿願の翌月治承三年（一一七九年）二十五歳の四月二日、彼は挫折の思ひを兄兼實に訴へる。『玉葉』の、

「二日庚寅天晴、午刻、法勝寺座主道快被レ來、千日入レ堂了。去廿四日下京、今日始被レ來也。條條有下被二示合一事等上。大略世間事無レ益、有二隱居之思一由也。余加二制止一了。」

はこの記録であり、彼は制止を聞かず西山善峰寺に籠居した。翌翌年六月から近江の國葛川明王院に參籠、ふたたび三度必死の荒行を修するうちに、夢うつつに倶利迦羅龍王が現れるのを觀る。不動明王の化身、漆黑の蛇體焔を纏ひ呑劍の姿を幻覺するといふのは由由《ゆゆ》しい。これによつて道快は心機一轉、行法に刻苦專念することになるのだが、四十年後の

畢生の大著『愚管抄』執筆の契機となつた四十九歳六月の奇夢靈告といひ、この奇瑞といひ、彼には一種の巫者的能力が心奥に巣食ひ跳梁してゐたのであらう。また九條家父子、兄弟の夢中相聞の頻繁な經驗をも併せて考へれば、この一族のみならず王朝末期貴族の魂の底知れぬ冥さ、冥さを發條とした藝術、宗教への昇華の苦しい道程が窺はれよう。

慈圓二十代の幾つかの百首歌は、このやうな心の遍歴を抜きにしては讀み得まい。たとへば最も若書に屬すると思はれる「初學百首」にも既に暗澹たる述懷が現れる。

おしなべて風の咎にも言ひなさじ心に花の散るにもあるらむ　花

春風をいとふ心をひきかへてしたがふ花を今は恨みむ　同

もろともに語らひおきて郭公死出の山路のしるべにもせむ　郭公

なかなかにもりくる月のさやけきは暗き木蔭にはゆるなりけり　月

あながちになに厭ふらむ前《さき》の世のむくいにてこそ戀しかるらめ　戀

あだなりと何か思はむ草枕いづくかつひのすみかなるべき　旅

後の世のことをしぞ思ふ數ならず鳴海の浦の波の立居《たちゐ》に　述懷

ほどもなくあはれ浮世のためしかなつもると見れば消ゆる淡雪　無常

朝顏の儚きものといひおきてそれに先だつ人や何なる　同

しかしこの全歌述懐厭世調は俊成の若書の泣訴調とも全く様相を違へ、西行の遊行詠歎調よりはるかに重い。さらにその標題自體を述懐とした百首は次のやうな憂悶に鎖されてゐる。

たらちねもまたたらちめも失せはてて頼むかげなき歎きをぞする
死なばやと言ふぞ儚き後の世も頼みあるべきわが身ならねば
後の世も此の世も共に沈みつつ幾返《いくかへ》りまで廻《めぐ》り來にけむ
つかへつる神はいかにか思ふべきよその人めはさもあらばあれ
此の世にて來《こ》む世のことを歎かずば何を待つべき儚さぞこは
えびすこそもののあはれは知ると聞けいざ陸奥の奥へ行かなむ
もろともにあはれいつまでなづさひてかかる浮世に住まむとすらむ

これらの嗟歎は修辭の誇張を越えてなまなましい。救ひのない繰言《くりごと》は百首を呪詛の淵と化し、作者はその暗黒の水面を漂ふ。さながら思惟の無間地獄であり、同年齢定家の「二見浦百首」の「花も紅葉も」など比べるならまこと颯爽たるマニフェストであつた。「堀河院題百首」の花や月も、なほ彼には喪と殃の色に翳る。

花に飽かでつひに此の世をそむきなば吉野の山をすみかにはせむ　櫻

時しもあれ雁歸るなり來《こ》し方《かた》に花にまされる花や咲くらむ　歸雁

早苗とる安《やす》のわたりの片嵐去年《こぞ》の刈田はさびしかりけり　早苗

とことはに秋の心になれる身は風の音にもおどろかぬかな　立秋

長き夜の夢のうちにて見る夢は儚きなかに儚かりけり　夢

風の音にも驚かず、夢の中に夢を見るとは厭離穢土、欣求淨土すら遠い放下の心であつた。死んだとて後の世も同じやうに暗からうといふ徹底した懷疑と虛無、それこそ青年期の慈圓を支へた負の背骨であつた。一度此處まで沈めばこそ後年あの冷嚴透徹しかも憑依の凄じささへ兼備した過現未への託宣を記すことができたのだ。「述懷百首」の後記「千日の山籠りの頃、思ふことはただ諸佛の本懷なれば、心も澄みて覺えしことを書きつけしかば百首になりにけり」とは綺麗事に過ぎよう。彼は信仰を得るまでに甚しく動搖し紆餘曲折を經る。その亂れと迷ひのゆゑに二十代の諸百首詠は心を搏つのだ。美の缺落といふ、歌にとつての致命傷にあへて私が目を瞑るのは、青年道快の煩悶が詞花を拒みつつ稀なる文體を得てゐるゆゑである。その文體も亦美の一樣相ではあつた。

而立過ぎての歌は面目をやや一新する。春秋の眺めもうるほひ、「厭離百首」なるものものしい標題の述懷歌にも、かつての呪詛は影をひそめ、徐徐に彼の詩心も「花月」、「六百番」へのいそぎを兆しはじめる。しかもその詩心には破格の諧謔、天衣無縫とは言ひかねるものの、破綻にも無頓著な脱・修辭の自由ささへ垣間見られる。ただ青、壯年いづれの百首にも見るに耐へる戀歌は一首もない。

「取集百首」

かねてより見るにものうき蕨かな折られじとてや手を握るらむ　春
淺ましや散りゆく花を惜しむ間に樒《しきみ》も摘まず閼伽《あか》も汲まれず　同
來《こ》し方《かた》を思ひつらぬる夕暮に山飛び越えてかへるかりがね　同
露の世のつひの思ひと見ゆるかな蓬がもとに燃ゆる螢は　夏
行く秋を惜しむ袂の夕露やあすはわりなく袖にのこらむ　秋
おのづから見えつる君が情こそ戀のやまひの藥なりけれ　戀

「日吉百首和歌」

君に逢ひて厭ひし鳥の聲すなり春にわかるる夜半《よは》の寢覺に　春
山かげや岩もる清水音さえて夏の外《ほか》なるひぐらしのこゑ　夏
いかにとよ殘り多かるあはれかな今朝吹きすぎぬ秋の初風　秋
行く秋の今はかぎりの夕暮にいと心なき秋の風かな　同
人つなぐ浮世の中の網や何戀にまとはるこころなりけり　戀

年經《としふ》れど春のよそなる身にしあれば心はなにも秋の夕暮　述懐
いへば憂し死ぬる別れの遁れぬを思ひも入れぬ世のならひこそ　無常
泡沫《うたかた》のはかなく結ぶ山川を神のこころにまかせつるかな　雑

「厭離百首」

永き夜の夢みはててむ大空やこころにねがふ春のあけぼの　春
つひになほ思ひ入るべき山の端をあはれ隔つる夕霞かな　同
梅の花手折りて瓶《かめ》にさす春はありかやさしき墨染の袖　同
ただ思へ風待つほどの露の身は何かは花をよそに見るらむ　同
澤水にすだく螢の光だになほあるまじき闇路なりけり　夏
世の中の憂さをも知らでながらふる人おどろかす秋の初風　秋
いつまでかなまめきたてる女郎花《をみなへし》はなもひととき露もひととき　同
墨染の袖に包めるうれしさは後の世にこそ身には餘らめ　雑

「御裳濯百首」

立田川波もてあそぶ青柳のうち亂《た》れ髪をけづる春風　春
風の音も秋にさきだつここちして鹿鳴きぬべき野べの夕風　夏
夕まぐれ秋と覺ゆる風の音に思ひもあへず露ぞこぼるる　秋
戀路には浮世を出づる門出とも思ひもわかで入りにしものを　戀

惑ひぬる昨日も今日も見し人の夢になりゆく永き夜の空　無常

「楚忽第一膽百首」

春かさは雨うちそそぐ山里にもの思ふ人のゐたる夕暮　春雨
水くもりに角《つの》ぐむ蘆をはむ駒の影さかさまになれるこの世か　春駒
今日よりはいかがはすべき世の中に秋のあはれのなからましかば　立秋
これもこれ心づからに思ふかな思はぬ心を思ふ思ひよ　片思
夕まぐれ玉まく葛《くず》に風立ちて恨みにかかる露のいのちか　恨
思ひとけ夢の中《うち》なるうつつこそうつつの中《なか》の夢にはありけれ　夢
皆人の知り顔にして知らぬかなかならず死ぬる別れありとも　無常

「堀河百首」では「風の音にもおどろかぬかな」と呟いた虚脱の心が、「厭離百首」では「人おどろかす秋の初風」と靜かな客觀に轉じ、「御裳濯百首」には「思ひもあへず露ぞこぼるる」と世の常のあはれに變る。立秋によせる感慨がつひに「楚忽第一膽百首」では「秋のあはれのなからましかば」なる深い寂寥感に沈潛するまでの慈圓のうちなる葛藤はなまやさしいものではなかつたらう。花鳥風月をよそにただ耳目を閉ぢ、おのれひとりの悲歎疑惑に亂れてゐた暗鬱な青春を牲《にへ》として、これらの個性的な、おほらかでゆとりのある壯年の眺めは展開される。「神のこころにまかせつるかな」の悟りも「ありかやさしき墨染の袖」の安心も、苦しんで勝ち得た境地であつた。線の太い詠風は他の『新古今』歌人には見られぬものながら、その太さが時には野放圖な說教臭を帶び、宗門違ひの禪問答に墮する嫌ひもある。破格の風、無礙の境を見せるにはやはり時の到らぬ感しきりだが、歌を徹頭徹尾、陳思の器となしおほせつつ、しかも一方で詞花と認識する器量はさすが九条家に繋る詩人の面目であらう。

それかあらぬか「早率露膽百首」歌を勸進しみづからも詠み了へた慈圓は「一日百首」、「宇治山百首」、「勒句百首」、「百字百首」と次次に趣向を變へてまさに爆發的な詞花遊行を試みはじめる。創作欲は滿ち溢れ後の世の連歌や大矢數を先取りしたかの感興、風趣、衒氣は、ふとこれが慈圓の技かと目を瞠らせるものがある。「楚忽第一膽百首」など作者名は讀人不知と記し、跋によれば稀なる才をもつ一人の稚兒が詠み上げ、幼い手で書きつけたものとの見立である。生涯不犯と覺しい賢者の虛構の花、それを思へば百首中の相聞も微妙なニュアンスを添へることだ。「宇治山百首」も亦稚兒と語らつての試みである意味の漢文追記があり、のどかな歌風と相俟つてほほゑましい。

言葉の急ぎ、それに竝行して慈圓の信仰は速やかに深く徹して行く。叡山への絕對歸依、その守護神日吉鑽仰、かたくななまでに純一熾烈なクレドは、逆に言へばこれこそ彼の作歌の原動力であつた。いかに遊びいかに耽らうともそれは末節枝葉、一本の直立する精神は神佛を離れぬ。彼の人間的な成長があたかも花季に遭遇する時、甥良經主催の「花月撰歌合」は實現し、續いて「六百番歌合」の時は到る。

「花月百首」

梢には花のすがたを思はせてまづ咲くものはうぐひすの聲　花
花に吹く春の山風にほひきてこころ迷はすあけぼのの空　同
あたらしやえぞが千島の春の花ながむる人もなくて散りなむ　同
思ふべし今年ばかりとながめきて四十《よそぢ》の春の花になれぬる　同
散る花のふるさととこそなりにけれわがすむ宿の春の暮方《くれがた》　同
三日月のほのめきそむる垣根よりやがて秋なる空の通ひ路　月
曇れ月ながむる人や立入ると入らずば空も心ありなむ　同
ながめこし心は花のなごりにて月に春ある三吉野の山　同
わが涙こは何事ぞ秋の夜の闇なき空に闇を敷かせて　同
曇りなく月はさりとも照すらむもの思ふ身のゆくすゑの秋　同

「六百番歌合」

名殘には春の袂もさえにけり霞より散る雪のけしきに　餘寒
空に知れ春の軒ばにあそぶ絲の思ふすぢなき身のゆくへをば　遊絲

思ひ出でば同じながめにかへるまで心にのこれ春の曙　春曙
山の端に匂ひし花の雲消えて春の日かずは有明のそら　殘春
茂りあふ青きもみぢの夕涼み暑さは蟬のこゑにゆづりぬ　蟬
さてもさはいかがはすべき身のうさを思ひはつれど秋の夕暮　秋夕
旅まくら夜半のあはれも百羽《もも は》搔《が》き鴫立つ野べのあかつきの空　鴫
あはれなる身のたぐひとも思ひこし秋も今はの夕暮の空　暮秋
梢には夜半の白雪つもるらし音よわりゆく峯のまつかぜ　寒松
心こそゆくへも知らね三輪の山杉の梢のゆふぐれの空　尋戀
思ひかねそのこのもとに木綿《ゆふ》かけて戀ひこそ渡れ三川《みつかは》の橋　祈戀
逢ひ見ては待つと思ひし言の葉にこころの露のなほおもきかな　遇戀
絶えはてぬ情《なさけ》の山に雲消えてはるるこころや星合《ほしあひ》のそら　稀戀
もの思ふ心の秋の夕まぐれ眞葛《まくず》が原《はら》に風わたるなり　恨戀
戀ひそめし心はいつぞいそのかみ都のおくの夕暮のそら　舊戀
いざ命おもひは夜半に盡きはてぬ夕べも待たじ秋の曙　朝戀
曙のあはればかりはしのべども今日をば出でず春の夕ぐれ　夕戀
雲とづる宿の軒ばの夕ながめ戀よりあまる雨の音かは　寄雨戀
わたつみの波のあなたに人はすむ心あらなむ風の通ひ路　寄海戀

露ふかきあはれを思へきりぎりすまくらの下の秋の夕暮　寄蟲戀

「花月」ではまだそれといふ動きも見えなかつた文體が、「六百番」では急に目を瞠らせるやうな變化を遂げる。それは當然良經、定家らに刺戟された結果であらう。綺語に近い大膽な措辭はもともと慈圓の本領の一つであつた。洗練を重ね昇華結晶に到るプロセスはややもどかしいが、重厚な調べに照り翳りが添ひ、放膽な發想に微妙な抑揚が加はると、やはり慈圓ならではの面白みも生れる。特に「心にのこれ春の曙」「春の日かずは有明のそら」「思ひはつれど秋の夕暮」「夕べも待たじ秋の曙」「心あらなむ風の通ひ路」「まくらの下の秋の夕暮」等等秀句のひびきをもつ體言止は明らかに新風への呼應であり、特に「秋の曙」は面白い。「青きもみぢの夕涼み」「心こそゆくへも知らね」「こころの露のなほおもきかな」「心の秋の夕まぐれ」「いざ命おもひは夜半に」「夕ながめ戀よりあまる」など新奇を狙ふ眈眈たる眼が巧まれた詞の奥にありありと見える。しかもかつては見る影もなかつた戀歌にこれだけ新生面を拓いた心ばへは一驚に價しよう。飽くまで私に卽し孤の思ひを陳べるいはば自然發生的な作詩法が、晩熟ながらやつと象徴手法に轉位した趣である。虛に徹して眞を映し出す祕法が新風を媒體として彼のものとなりはじめたのだ。

虛實は慈圓自身の人生の上にも刻薄な影を落しはじめる。通親の政變はあたかも彼が大厄の年であつた。兼實、良經と袂を連ね慈圓も亦逆境に逐はれる。「慈圓僧正、座主辭したる事をば、頼朝も大いに恨みおこせり」とみづから記した關東将軍も間もなく死ぬ。座主を罷免されまた還補され、ふたたび降りまた昇り、彼は都合四度座主に任ぜられることになるが、この慌しい人事の中にも輪廻を見、さればこそ末法澆季の世を憤り、道理をもつて歴史を貫くべしの悲願を『愚管抄』に籠めたのであらう。

「山の座主慈圓僧正といふ人ありけるは九條殿の弟なり。うけられぬ事なれど、まめやかに歌詠みてありければ、攝政と同じ身なる様《やう》なる人にて『必ず參りあへ』と御氣色もありければ常に候ひけり。院の御持僧には昔よりたぐひなく頼み思し召したる人と聞えき。」

みづからの事を陳べるこの矜持に滿ちた口吻にも、和歌と佛法を一如として主上に仕へる侵しがたい信念がうかがはれよう。牛車のままの參内を聽されるまでになり、彼の悲願は遂げられようとしながら、承久の亂は起るべくして起り、彼の力の及ぶところではなかつた。

彼にとつても「千五百番歌合」、『新古今和歌集』勅撰は七十一年の生涯における一つのクライマックスであつた。彼はこの百首をことごとく『古今集』の本歌取に仕立ておほせた。跋の言葉中、

「歌といふものは、ただ心をさきとして言葉は常の言葉のやさしく、なびやかなるを、ささへたる所もなく、たをやかに言ひ續けたるこそめでたけれ。才覺多くしてし

かもかく心得てこはきを棄てて、心のたねを花となし、木の葉の色を身にとむるやうなる風情得たる人は、人丸、貫之がほかには無きにこそ。この百首にてこころえよとおもひて、書きつけ侍りぬ」

の數行は、いたり得た慈圓の深い洞察であつた。ただ彼にとつての頂門の一針もすでに常識ではあつた。すべての『新古今』歌人、特に九條家、御子左家圈內の歌人は試行錯誤の一時期を過ぎると軌を一にしてこのやうな啓蒙論擬きの託宣を述べる。後の世もこれを倣ひ流轉輪廻して行くのであらう。

郭公淚はなれに聲は我にたがひにかしていく世經ぬらむ
風の音におどろくのみか荻の葉のさやかになびく秋は來にけり
鳴く鹿のこゑにめざめて忍ぶかな見果てぬ夢の秋の思ひを
小萩原ねぬ夜の露や深からむ獨ある人の秋のすみかは
雁の來る峯の松風身にしみて思ひつきせぬ世のゆくへかな

本歌が何であらうと、うつくしい歌はうつくしい。「見果てぬ夢の秋の思ひを」の一首こそ、彼の歌論はさもあらばあれ、かつての綺語彷徨のはるかな行方に輝き出た比類のない秀歌であつた。『新古今』秋下、鹿の聲に始まる寂寞の一空間に、慈圓のこの一首はぬきん出てあはれである。歌人としての彼はここに盡き、他はこれに殉じてもよからう。そして鹿の聲に見果てぬ夢を逐ふ彼のうるんだ目は、『愚管抄』巻第六の末尾に、

「さて、この後の様《やう》を見るに世のなりまからむずるさま、この二十年より以來《このかた》、今年承久まで世の政、人の心ばへの報い行《ゆ》かむずるほどの事の危ふさ、申す限りなし。こまかには未來記なれば申しあてたらむも眞《まこと》しからず。ただ八幡大菩薩の照見に現れまからむずらむ。」

と記し、宙に据ゑた眼と、おのづから發止と切結ぶのである。

# 冥王塚本邦雄と『新古今和歌集』、そして現代日本

解説

島内景二

本書は、『藤原俊成・藤原良経』として、筑摩書房から一九七五年に刊行された「日本詩人選」の一冊である。シリーズ番号は、23。

この「日本詩人選」からは、大岡信『紀貫之』(一九七一年)、吉本隆明『源実朝』(一九七一年)、丸谷才一『後鳥羽院』(一九七三年)などの話題作・問題作が相次いで刊行され、読書界に「古典復興」が大きなうねりを起こしつつあった。古典和歌から現代文明を撃つことが可能であるどころか、閉塞した社会状況を打開する最も有効な手段であることを、「日本詩人選」は示した。

個人的な体験で恐縮だが、私は一九七四年に高校を卒業して、大学を受験した。東京大学文科一類の前に、早稲田大学法学部を受験したが、国語の試験問題に、半年前くらいに刊行されて新聞の書評欄や文化欄で話題となっていた丸谷才一『後鳥羽院』が出題されて

いた。小林秀雄の古典批評とまったく違う視点の新しい古典批評だと、試験時間なのに面白く読んだ。古典を論じることで、未来の文化を作るのだという自信が、悠揚迫らぬ文体からにじみ出ていた。

東京大学文科一類に入学して二年生の時に、京極純一教授が担当の「政治過程論」という講義を履修していたら、「日本文化の土壌である和歌について知りたければ」と前置きして、教授は、寺田透『和泉式部』（一九七一年）と、竹西寛子『式子内親王・永福門院』（一九七二年）を参考図書として板書した。共に、「日本詩人選」に含まれる。京極教授の教えに従って、この二冊を購入して読んだのは、もしかしたら私だけだったかもしれない。

駒場の大教室（九百番教室）を埋めつくした学生たちの反応は鈍く、「どうして、政治過程論の講義で、古典和歌の話が出てくるのか理解できない」という怪訝な顔ばかりだった。その頃、私は塚本邦雄を通して、古典和歌の起爆力を知っていたので、京極教授が「日本詩人選」の意義を説明しているのだな、と直感した。日本の古典和歌を知ることが、近代以後も現代まで続いている文化状況の源を明らかにし、日本政治の土壌を照らし出す、という教えだった。

京極教授は、丸山眞男に代表されるオーソドックスな政治学と異なる視点から、日本の政治状況を分析していた。西欧的知性と江戸儒学の理想論を基盤にする丸山政治学とは違って、日本民俗学的な「ムラとマチ」や「タテマエとホンネ」の政治を説いていた。日本の変わらない精神土壌を知ることで、それが本当に変えられないかを、若い学生に考えさせたかったのだろう。

それが、まさに「日本詩人選」の出版価値でもあった。丸谷才一は、『源氏物語』と和歌を基軸として、自然主義と「私性」に席巻された近現代の文学を方向転換しようとした。塚本邦雄は、『新古今和歌集』を基点として、「写生」と「われ」に席巻された近現代の短歌を刷新しようとしていた。

古典和歌は、遺伝子組み換えが可能な「文化の万能細胞」にも喩えられるだろう。古典和歌に、西欧文学の「エロス」や、フランス象徴詩やモダニズムなどを組み込むことで、最強の「現代日本文化」が作り出せる。そこから、真の「近代日本」が始まる。日本文化のビッグバン。新しい文学宇宙の創世記を自分の手で作り出すこと。これこそが、一九七〇年代の「ポスト三島」の書き手たちが渇望したものだった。

私は『藤原俊成・藤原良経』を、発売直後に購入した。けれども、この本は、書棚の位置が定まらなかった。「日本詩人選」というシリーズの一冊であると同時に、「塚本邦雄の単行本」というカテゴリーの一冊だったからである。そこで、本棚での位置は、「日本詩人選」の棚と、「塚本本《つかもとぼん》」の棚とを、何度も行ったり来たりしていた。

標題には俊成と良経の二人の名前を含んでいるが、実際には、藤原家隆・俊成卿女・宮内卿・寂蓮・慈円も含まれている。

今般、文芸文庫に収録するに際して、『新古今の惑星群』と改題され、塚本邦雄の信念である「正字正仮名」へと表記が一新された。これによって、「日本詩人選」の圏外に脱したと言える。本書は完全な意味での「塚本邦雄の本」となり、本書から、二十一世紀の詩歌のビッグバンが開始する。

ビッグバンにふさわしく、新しいタイトルには「惑星」という天文学用語が含まれている。塚本には『されど遊星』という歌集があるように、天文に関心が深かった。

太陽系の宇宙の中心には、不動の恒星である太陽が存在する。その太陽の引力に捉えられ、いくつもの惑星が軌道を描いて回り続ける。惑星の引力によって捉えられた衛星もある。太陽系には時折、彗星も紛れ込み、逃れ出てゆく。

文学の太陽とは何か。詩歌の太陽とは何か。重要なのは、「恒星としての太陽」が、時代と共に変容してきた事実である。

近代日本における文学の太陽は、「自然主義」と「写生」であろう。ところが、『新古今和歌集』の時代には、そうではなかった。

一二〇五年に成立した『新古今和歌集』という太陽系に関して言えば、この太陽系が誕生した時には、この勅撰和歌集を主導した後鳥羽院が太陽であり、藤原俊成という巨大な惑星があり、突如として光を放ち始めた藤原定家や藤原良経という新惑星が出現した。良経は、すぐに詩歌の夜空から消滅した。家隆・俊成卿女・宮内卿・寂蓮・慈円というマイナーな惑星もあった。また、西行という、惑星とは呼べない不思議な妖星も、この太陽系の内部に入り込み、人々の記憶に刻印された。

後鳥羽院は、一二二一年の承久の乱で敗れた後、流された隠岐にあって、『新古今和歌集』を選び直した。このため、『新古今和歌集』の太陽系を、太陽自体が脱出するという異常事態が起きた。

だが、「中世日本文化の王」たらんとした藤原定家が、いちはやく軌道を修正して、惑星から新たな太陽の位置に座った。

『新古今和歌集』という太陽系の新たな太陽となった定家は、平明・平淡を理念とする『新勅撰和歌集』『小倉百人一首』という新惑星を加えて、この太陽系を変質させてしまう。この平板化路線は、中世の「古今伝授」の伝統となって、茶道や華道や建築などの諸分野で中世文化を開花させ、結実させた。

近代の正岡子規は、この太陽系を否定して、『新古今和歌集』と藤原定家を太陽の位置から追放した。替わって『万葉集』を太陽として、「写生」という新しい日本文化の太陽系を作り上げ、現代に至っている。

塚本邦雄は、「戦後日本文化」を再建し強化するに当たって、文化の太陽、文学の太陽、詩歌の太陽を、一挙に刷新しようとした。それには、『万葉集』から『新古今和歌集』へと、もう一度、文化の理念を引き戻すしかない。そして、「太陽」の位置には、自らが座るしかない。最初の太陽だった後鳥羽院をしのぐ「文学理論」で、戦後日本に最もふさわしい太陽系を「創世」しようとした。二番目の太陽だった藤原定家をも、塚本は総括する必要に迫られた。

『新古今和歌集』の太陽系を変質させた定家は、塚本邦雄によって、プラスとマイナスの両面から厳しく批評される。それは、古典評論『定家百首　良夜爛漫』(一九七三年)、小説『藤原定家　火宅玲瓏』(一九七三年)などでなされた。また、後鳥羽院についても、小説『菊帝悲歌』(一九七八年)が書かれた。

本書での塚本邦雄の視線は、俊成に向けられる厳しさと、良経や家隆たちに向けられる温かさが、好対照をなしている。塚本は、俊成や定家とは渾身の力で斬り結ぶ一方で、良経や家隆たちを引き立てようとする。

塚本は、若い頃に前川佐美雄の主宰する「日本歌人」に所属していた。前川と言えば、日本浪曼派。そして、保田與重郎。保田は、心の奥底を明かすことなく無言で悲劇的な死を受け容れた人物に対し、せめてもの紙碑を献じようとして、古典論を書いた。その姿勢は、塚本が藤原良経を論じる筆致に継承されている。

また、『殘花遺珠　知られざる名作』(一九九五年)で、杉原一司など、現代のマイナー・ポエットたちを顕彰する姿勢は、『新古今和歌集』時代の「マイナー・ポエット」である家隆・俊成卿女・宮内卿・寂蓮・慈円を顕彰する本書の姿勢とも共通している。

ところが、先ほど指摘したように、塚本が本書で藤原俊成を見る目は、まことに辛辣である。なぜならば、俊成は「メジャー」であり、和歌史において一時代を築いたがゆえに、現代歌人として乗り越えねばならぬ古典歌人だからである。

和歌史・短歌史には、明らかな事実がある。それは、「歌聖」と呼ばれるほどのメジャー歌人は、和歌・短歌の実作に優れているだけでなく、「歌論」と呼ばれる短歌理論書を書き残している、ということである。紀貫之、藤原公任、藤原俊成、そして藤原定家は、いずれも創作と評論を連動させて、文学の世界を拡大させ、文学の宇宙を膨張させていった。しかも、俊成の場合には「幽玄」、定家の場合には「有心《うしん》」という、彼らが詩歌に求めた窮極の目標が、歌論の核心になっている。近代でも、正岡子規の「写生」、島木赤彦の「鍛錬道」、斎藤茂吉の「実相観入」、そして塚本自身の「幻視」などがある。

歌とは何か。何を求めて歌人は歌わずにはいられないのか。「歌を詠む」ことに自覚的であるかどうか、韻文である歌の価値を散文である歌論で表現できるかどうかが、メジャーとマイナーを分かつ。けれども、歌人の書いた「歌論」は、その歌人の「実作」を常に裏切り続ける。本書は、俊成の歌論と実作を精緻に分析しながら、詩歌の生命力の根源に迫ってゆく。

それでは、塚本邦雄は、何を求めて、本書のような短歌論を書いたのだろうか。

俊成の率いる新興の「御子左家《みこひだりけ》」は、旧派たる「六条家」と、ことあるたびに激突し、「六百番歌合」の席上では、両者は命懸けの批判合戦を繰り広げた。塚本は、御子左家を「新詩社」に、六条家を「根岸短歌会」に喩えている。

ただし、近代短歌史上、与謝野鉄幹が率いる「新詩社」と、正岡子規が率いる「根岸短歌会」が、面と向かって真剣勝負の激論を交わしたことはない。森鷗外が主催した「観潮楼歌会」は、両派の融合と和解を期しており、徹底的な理論闘争はなされなかった。

塚本邦雄は「玲瓏」という結社で若手歌人たちを指導したが、歌会では、良いと思う歌だけでなく、「これは問題だと思う歌、どうしても一言言いたい歌」をも出席者に選ばせた。「正選」と「逆選」である。この「逆選」という発想は、「六百番歌合」における「果たし合い」を、現代歌壇に再現したかったのだろう。

その意欲は、本書の中での異色章である「架空九番歌合」を生みだした。相容れない文学理念を持つ者同士が、互いへの不信感と憎悪をぶつけ合って激論を交わす。そのうち、論敵を批判する言葉が、自分自身の文学観をも切る「諸刃の剣」であったことに気づく。毛嫌いしていた相手の歌にも、自分が求めている理念が含まれていることも知る。そして、そこから、第三の新しい道が姿を現してくる。

塚本邦雄と大岡信の「前衛短歌論争」が、そうであった。また、塚本が『赤光』百首』などの『茂吉秀歌』シリーズで試みたのも、「アララギ」の雄の中に前衛精神を見出すことだった。

しかも、「架空九番歌合」は、「侍《はべ》り」調の擬古文で書かれている。この擬古文を書きながら、塚本邦雄は王朝終焉期にして中世開幕期でもある詩歌の変革期に、タイムマシーンで入り込んでいる。

俊成論に八章を費やして、塚本が達したのは、「幽玄」という詩歌の理念が実体のない幻に過ぎなかったという結論である。ならば、有心も、写生も、実相観入も、幻であろう。「幻視」に至っては、最初から幻そのものである。

歌人塚本邦雄は、晩年、「歌」そのものをテーマとして歌うことが多かった。歌とは何かを歌い、歌論でも論じる。形而下の「言葉」を使って、形而上の「何か」を希求して歌い、かつ論じる。その彼方に、俊成や定家の求めた「歌」があり、未来のあるべき「歌」がある。

俊成卿女と宮内卿は、マイナーの中のマイナーと言える。寂蓮は、「六百番歌合」の論客であったし、慈円には『愚管抄』という歴史理論書がある。だからこの二人は、「マイナーの中のメジャー寄り」である。

寂蓮や慈円と比べると、良経は歌論を残さなかった。それゆえ、しいて分類すればマイナー歌人なのだが、「マイナー」としてのあり方が、突出して見事である。鑑賞者をして顕彰せしめずにはいられなくさせる、不可思議な魅力をたたえている。

寂しさや思ひよわると月見ればこころの底ぞ秋深くなる

この良経の歌は、定家を始めとする、あらゆる歌人や芸術家に認められず、詩歌の闇に沈んでしまっていた。だから、塚本邦雄は発掘して顕彰する。良経自身が言わずに済ませた深い思いを汲み取って、美しい言葉で書かれた紙碑を建てる。そこにも、塚本の古典鑑賞の立脚点があった。

日本詩人選『藤原俊成・藤原良経』は、三百部限定で、非売品の著者本が作られた。本文は同じだが、装幀と函が豪華になっている。標題は、『藤原俊成　藤原良經』となっており、「・」（ナカグロ）が取り払われた。

巻頭には、塚本の毛筆色紙のカラー写真が挟まれている。揮毫されているのは「幽玄有限」の末尾で引用された藤原俊成の歌である。

あれわたる秋の庭こそ
あはれなれ
ましてきえなむ
つゆのゆふくれ　　邦雄書

二行目の「あはれなれ」には、「れ」が二つあるが、変体仮名として「連」と「麗」を用いている。一行目「あれわたる」と、四行目「ゆふくれ」の「れ」は、どちらも「礼」である。見た瞬間に「麗」の文字が目に飛び込んでくる色紙である。この「麗」も、塚本美学の現れである。

函の背には、「藤原俊成　藤原良經　塚本邦雄」という字が、真珠貝や雲母のような輝きで箔押しされている。光の当て方によっては陸離たる光を放つ。夜空にあって、ひときわ強い光を放つ惑星のように。「藤」「成」「經」は、正字である。塚本邦雄は、この書物全体を正字正仮名で印刷したかったのだろう。

本書は、正字正仮名で印刷されることで、塚本邦雄の太陽系の中で有力な一惑星となった。

# 年譜

塚本邦雄

**一九二〇年**（大正九年）

八月七日、近江商人発祥の地である滋賀県神崎郡南五個荘村大字川並（現、東近江市五個荘川並町）六三七番地に、父塚本欽三郎（戸籍名は金三郎、明治一一年生）と母壽賀（明治二三年生）の次男として出生。この地には、天智天皇の子である川島皇子の伝承が残る。聖徳太子ゆかりの石馬寺、織田信長の安土にも近い。長姉絹子（明治四二年生）、次姉経子（大正二年生）、兄春雄（大正四年生、近江商人郷土館館長）がいた。母の旧姓は、外村。母方の祖父は、俳諧の点者。母方の叔父の外村吉之介は、倉敷民芸館初代館長。邦雄の芸術的才能は、母方の血か。一二月四日、父死去、享年四二。

**一九二七年**（昭和二年）　七歳

四月、村立南五個荘小学校（現、東近江市立五個荘小学校）入学。

**一九三三年**（昭和八年）　一三歳

四月、滋賀県立神崎商業学校（現在の五個荘中学校の場所にあった）入学。

**一九三八年**（昭和一三年）　一八歳

三月、神崎商業学校卒業。四月、繊維を中心に扱う商社・又一（「金商又一」「金商」を経て、現在は「三菱商事RtMジャパン」）株式会社に就職。

**一九四〇年**（昭和一五年）二〇歳
八月頃、徴兵検査を受けた。第三乙種合格。第二補充兵役と自記した在郷軍人申告票がある。

**一九四一年**（昭和一六年）二一歳
八月、広島県呉市の広《ひろ》海軍工廠に徴用され、記録員（事務員）として会計部に配属。当初は二年間の予定が、終戦まで延長。市内の喫茶店で、西洋音楽に親しむ。年代は不明だが、洋画の俳優名を書いた手紙が検閲に引っかかり、一ヵ月勾留されたことがあった。

**一九四二年**（昭和一七年）二二歳
一〇月、兄春雄が北原白秋の「多磨」に入会。この兄を通し、短歌に興味を抱き始める。

**一九四三年**（昭和一八年）二三歳
五月、「潮音」系の歌誌「木槿」（幸野羊三主宰）に入会、初出詠。「ガスマスクしかと握りて伏しにけり壕内の濕り身に迫りくる」「眠る間も歌は忘れずこの道を行きそめしより夜も晝もなし」。一〇月、これも「潮音」系の歌誌「青樫」（当時は「紀元」、秋田篤孝主宰）に入会、初出詠。「曼珠沙華わが掌《て》に傷み平安は光り無く身より亡《う》するかなしも」。誌面で、七月に入会していた竹島慶子（大正一五年二月一〇日生、奈良県北葛飾郡居住）を知る。慶子には、後に歌集『花零れり』（一九八六年・書肆田中）があり、邦雄は解題「蘇枋乙女」を書いた。この頃太宰治を愛読し、自らも短篇小説の創作を試みる。

**一九四四年**（昭和一九年）二四歳
一月号の「日本短歌」への投稿歌に、「新樹遙」の筆名を用いる。八月三一日、母死去、享年五四。当時詠んだ挽歌は、後に『薄明母音』として刊行された。

**一九四五年**（昭和二〇年）二五歳
八月、広島の原爆と終戦を、呉で迎える。原爆雲は呉からも見えた。八月二三日、帰郷。一〇月、又一株式会社に復職。兵庫県川辺郡川西町の独身寮に居住。
**一九四六年**（昭和二一年）二六歳
一月、「シネマ時代」に寄稿。五月、「木槿」の復刊に参加。七月、尾道出張所に勤務。八月、「木槿」に、歌論「技巧に關する考察」を発表。一一月、広島出張所も兼務。
**一九四七年**（昭和二二年）二七歳
一月、「青樫」復刊。翌月の大阪歌会で、竹島慶子と初めて対面する。同月、復刊された歌誌「日本歌人」（当時は「オレンヂ」、前川佐美雄主宰）の第二号に初出詠。誌面で、第一号から参加していた杉原一司に注目。三月、岡山出張所勤務。
**一九四八年**（昭和二三年）二八歳
五月一〇日、竹島慶子と結婚。倉敷の叔父・外村吉之介宅に同居。叔父から結婚祝いに「聖書」をもらう。大原美術館でモロー「雅歌」などに親しむ。六月、同人誌「くれなゐ」に、後の『水葬物語』に収録する作品を発表。一二月、天理語学専門学校本科フランス語部（現、天理大学）の学生だった杉原一司と初めて会う。
**一九四九年**（昭和二四年）二九歳
二月、松江出張所に単身赴任。四月九日、長男青史誕生。五月、慶子と青史も松江へ合流。七月、鳥取県八頭郡丹比村に杉原を訪ねる。八月、杉原一司・塚本慶子・稗田雛子らと同人誌「メトード」を創刊。社内文芸誌「またいち」に短歌を発表。
**一九五〇年**（昭和二五年）三〇歳
二月、「メトード」七号で廃刊。五月、杉原一司死去、享年二三。一二月、「日本歌人」の合同歌集『高踏集』に「クリスタロイド」七六首を発表。
**一九五一年**（昭和二六年）三一歳
八月、「短歌研究」に初めて作品を発表。編集長中井英夫の知遇を得る。八月七日の誕生日を奥付とする第一歌集『水葬物語』を一〇月に刊行し、亡き杉原一司に献じる。西欧的象徴美学を定型詩に導入し、「和歌・短歌」を抒情性から解放せんとしたが、黙殺された。一二月、大阪転勤に伴い、大阪府中河内郡盾津町（現、東大阪市南鴻池町）に居宅を購入。なお、「短歌研究」で「二〇代歌人」と紹介されたことから、実年齢との二年間の齟齬は死去する直前に訂正されるまで続いた。また、歌壇では最終学歴も彦根高商卒とされたが、これも事実と異なっていた。

**一九五二年**（昭和二七年）三二歳
五月、俳人高柳重信が来訪。九月、三島由紀夫の推挽で、『水葬物語』からの抜粋一〇首が「文学界」に掲載される。

**一九五三年**（昭和二八年）三三歳
一一月、肺結核の診断を受ける。

**一九五四年**（昭和二九年）三四歳
七月、療養のため休職。

**一九五五年**（昭和三〇年）三五歳
この年、「短歌研究」に加えて、「短歌」にも発表の場が広がる。一二月、かねて注目していた岡井隆と、大阪天王寺の市立美術館で初めて対面。岡井は、生涯の盟友となる。

**一九五六年**（昭和三一年）三六歳
三月、第二歌集『装飾樂句《カデンツァ》』を刊行し、口語から文語への転身を試みた。七月、復職。その直前、詩人大岡信と「短歌研究」誌上で大論争を展開。それぞれ三度ずつ応酬し、戦後短歌の定型詩としての意義を問いかけた。

**一九五七年**（昭和三二年）三七歳
この年も、「短歌」「短歌研究」に、作品と評論を意欲的に発表。

**一九五八年**（昭和三三年）三八歳
一〇月、第三歌集『日本人靈歌』を刊行し、戦後日本の醜悪な現実をどこまで美しく定型詩で歌えるかを実験。一二月、『日本人靈歌』出版記念会が大阪で開催され、「短歌」「短歌研究」の中井英夫・杉山正樹両編集長・寺山修司・春日井建と初めて対面。
**一九五九年**（昭和三四年）　三九歳
六月、『日本人靈歌』により、第三回現代歌人協会賞を受賞。授賞式のため、戦後初めて上京し、葛原妙子らと会う。これ以降、「前衛短歌」に対する歌壇からの風当たりは強く、賞から遠ざかる。
**一九六〇年**（昭和三五年）　四〇歳
六月、同人誌「極」を創刊したが、一号で終わる。他の同人は、岡井隆・寺山修司・春日井建・安永蕗子・濱田到・原田禹雄・山中智恵子・菱川善夫・秋村功。
**一九六一年**（昭和三六年）　四一歳
二月、第四歌集『水銀傳說』を刊行し、ヴェルレーヌとランボーの天才詩人の愛憎を連作として歌い上げた。
**一九六二年**（昭和三七年）　四二歳
二月、関西青年歌人会「黒の会」の第一回例会。以後、同会の中心メンバーとなる。一一月、加藤郁乎の句集『えくとぷらすま』の出版記念会に出席。
**一九六三年**（昭和三八年）　四三歳
九月、「律」三号に、共同製作の定型詩劇『ハムレット』を構成・演出。ハムレットは佐佐木幸綱、ガートルードは馬場あき子。
**一九六四年**（昭和三九年）　四四歳
五月、中井英夫の『虚無への供物』の出版記念会で、三島由紀夫・澁澤龍彥と初めて会う。この頃から、詩人・歌人たちと連歌の会を頻繁に催す。一二月、深作光貞編集の「ジュルナール律」が創刊され（翌年六月で終刊）、毎号に作品・批評を発表。
**一九六五年**（昭和四〇年）　四五歳
五月、第五歌集『綠色研究』を刊行。西欧的高踏詩の世界を、短歌に移植することに成功し、邦雄の美学はここに一つの完成を見た。
**一九六六年**（昭和四一年）　四六歳
五月、篠弘の斡旋で、三島由紀夫と会食。

一九六七年（昭和四二年）四七歳
頂点を極めた短歌の世界でいかなる新しいスタイルを創出するか、歌壇の外部の広大な文学の領域にいかにして打って出るか。思索と準備の日々であった。
一九六八年（昭和四三年）四八歳
五月、三河犬「百合若」を飼い始める。一一月、澁澤龍彦責任編集「血と薔薇」が創刊され、評論「悦樂園園丁辭典」を連載。歌壇から一般読書界へと、主たる活躍の場が移動し始める。
一九六九年（昭和四四年）四九歳
九月、第六歌集『感幻樂』を刊行し、中世歌謡を大胆に短歌に取り込む。日本古典への旋
……本格化した。一一月、「幻想派」主宰の
……評会。永田和宏・安森敏隆・河
……らが出席。
……五〇歳
……が、突然に

歌壇を去る。一一月二五日、三島由紀夫が自決。その九日前、詩人の政田《まさだ》岑生《きしお》（東京海上火災勤務）と初めて会う。政田は、これ以後、邦雄のすべての著書のマネジメントを担当。全著書のブックデザインにも腕を揮い、献身した。邦雄の限定豪華本が作り始められるのも、政田の意図。一二月、全歌集を集成した『塚本邦雄歌集』を刊行。
一九七一年（昭和四六年）五一歳
初の散文評論集である『悦樂園園丁辭典』と『夕暮の諧調』を、一月と九月に刊行し、満を持して文壇へと船出する。歌壇では独立独歩を貫き、一二月、文語定型詩の純度を最高度に高めた第七歌集『星餐圖』を刊行。一頁に一首を一行で印刷した。
一九七二年（昭和四七年）五二歳
二月、初の小説集『紺青のわかれ』を刊行し、小説の世界にも進出。八月、死別した三島由紀夫と生別した岡井隆に献じた第八歌集

境』を少部数で刊行。一〇月、短歌は幻を見るためにのみ存在するという邦雄の初期歌論の集大成『定型幻視論』を刊行。

**一九七三年**（昭和四八年）五三歳

一年間で一一冊の単行本を刊行（うち二冊が、政田岑生が社主の書肆季節社から）。著述家として、大車輪の活躍。まず、三月の小説『藤原定家』と六月の評論『定家百首』とで、新古今美学の現代文学への有効性を見極めた。一〇月の第九歌集『青き菊の主題』は、短歌と小説が含まれ交響し合うという実験。「第〇〇歌集」という本格的な「序数歌集」だけでなく、収録歌の少ない「間奏歌集」、知友の催しや祝い事への餞を一〇首前後で詠んだ「小歌集」も、この年から頻繁に刊行する。本格的に書道にも乗りだし、一一月に初の墨蹟展を開く。

**一九七四年**（昭和四九年）五四歳

この年、九冊を刊行。著述活動に専念するため、一月末日、経理部長の要職にあった金商又一株式会社を円満退職。異色のミステリー小説『十二神將變』（五月）、寺山修司との往復書簡集『麒麟騎手』（七月）、俳句評論『百句燦燦』（一〇月）、評論『煉獄の秋』（一一月）、古典評論『王朝百首』（一二月）など。また、短篇よりも短い小説を「瞬篇小説」と名づけ、瞬篇小説集『雨の四君子』（一一月）も刊行。

**一九七五年**（昭和五〇年）五五歳

この年、一六冊を刊行。中央公論社の編集者安原顕を通して、文芸誌「海」に定期的に小説を発表。また、集英社の「すばる」の常連ともなった。三月の『獅子流離譚』は、敬愛する万能の天才であるレオナルド・ダ・ヴィンチの評伝。また文芸春秋の編集者箱根裕泰を通して、書き下ろし単行本を同社から続々と上梓。六月の『戀』は、六百番歌合の和歌をめぐる評論集・訳詩集・瞬篇小説集を兼ねた異色作。その他に、第一〇歌集『されど遊星』（六月）、青春期から愛聴してきたシャンソン評論『薔薇色のゴリラ』（九月）。

**一九七六年**（昭和五一年）　五六歳
三月、古典評論『雪月花』。四月、在原業平の恋物語『露とこたへて』。八月、イエス・キリストを描く小説『荊冠傳説』など、一五冊を刊行。一〇月一一日、長男青史、一色礼子（昭和二六年生）とロードス島で結婚。一一月、「サンデー毎日」に「七曜一首・七曜一句」の連載を開始。

**一九七七年**（昭和五二年）　五七歳
五〇歳代のライフワークとなる「茂吉秀歌」全五巻シリーズの第一巻『『赤光』百首』（四月）と、日本語の危機に警鐘を鳴らす評論『國語精粹記』（一一月）など、一三冊を刊行。五月、慶子夫人とヨーロッパ旅行。元来は飛行機嫌いだったが、以後毎年、夏には海外旅行を楽しんだ。六月、第一一歌集『閑雅空間』。

**一九七八年**（昭和五三年）　五八歳
二月一一日、初孫の磨耶が誕生。命名は、青史夫妻による。五月、後鳥羽院を描いた小説『菊帝悲歌』。八月、「サンデー毎日」で公募した『現代百人一首・一九七八年版』。九月、日本の地名の美しさを称揚した『新歌枕東西百景』などを刊行。

**一九七九年**（昭和五四年）　五九歳
七月、第一二歌集『天變の書』。九月、「サンデー毎日」の投句欄「サンデー秀句館」の撰者となる。

**一九八〇年**（昭和五五年）　六〇歳
二月、自歌自註『綠珠玲瓏館』。三月、日本語論『ことば遊び悅覽記』。七月二八日、二人目の孫、志帆が誕生。命名は、青史夫妻。

**一九八一年**（昭和五六年）　六一歳
七月、「毎日新聞」朝刊に「けさひらく言葉」の連載を開始（〜八六年一二月）。爽やかな朝の食卓に、邦雄の毒を帯びた美学がどう受けとめられるか、話題となった。一二月、小説風の評論『半島』。

**一九八二年**（昭和五七年）六二歳

五月、『定本塚本邦雄湊合歌集』二巻を文芸春秋から刊行。本巻は全歌集で一五〇〇頁超、別巻は索引・年譜で三〇〇頁超の豪華箱入り本（定価三万円）。政田岑生のマネジメント、箱根裕泰の出版編集、精興社の総力を挙げた正字正仮名活版印刷の美学は、空前の大歌集を生み出した。一〇月、第一三歌集『歌人《うたびと》』。

**一九八三年**（昭和五八年）六三歳

四月、アンソロジストの才を発揮した古典評論『清唱千首』。一一月、香りに敏感だった邦雄の蘊蓄が横溢する『芳香領へ』、二音節の厳密な脚韻を日本語で試みたソネット詩集『樹映交感』。

**一九八四年**（昭和五九年）六四歳

八月、第一四歌集『豹變』。以後、序数歌集に「變」を用いることが増える。九月二四日、愛犬百合若、死去。一七歳。

**一九八五年**（昭和六〇年）六五歳

一〇月、政田岑生の努力で、邦雄の美学の継承を志す老若男女が結集し、塚本邦雄撰歌誌「玲瓏」の創刊準備〇号が刊行された（翌年一月に創刊第一号。編輯人は、江畑實を経て、山城一成。発行人は、政田岑生を経て塚本青史）。「玲瓏」は、林和清・尾崎まゆみ・阪森郁代・塘健・魚村晋太郎・小黒世茂・松田一美などの歌人を送り出し、歌壇の一勢力となった。一一月、「茂吉秀歌」第四巻の『白桃」「曉紅」「寒雲」「のぼり路」百首』。

**一九八六年**（昭和六一年）六六歳

二月、短篇小説集『トレドの葵』。九月、第一五歌集『詩歌變』。

**一九八七年**（昭和六二年）六七歳

一月、名古屋の「美の談話館」（館長の梶浦公は邦雄の初版本・限定本・肉筆本・自筆原稿のコレクターとして著名）で、「塚本邦雄の著書――その美の世界」展が開催。「毎日新聞」に「塚本邦雄の選歌新唱」の連載開始（～九一年一〇月）。五月、『詩歌變』により、第二回詩歌文学館賞受賞。八月、大阪ガーデンパレスで「塚本邦雄の〈變〉を嘉する會」を開催。邦雄は、最終歌集を「神變」と命名することを宣言。九月、「茂吉秀歌」シリーズが、最終巻『「霜」「小園」「白き山」「つきかげ」百首』で完結。

**一九八八年**（昭和六三年）　六八歳

三月、第一六歌集『不變律』。八月、第一回の「玲瓏全國の集ひ」が開催。以後、毎年秋に継続。

**一九八九年**（昭和六四年・平成元年）　六九歳

四月、近畿大学文芸学部教授に就任。文部省関連の名簿では、「大正九年生まれ」と「神崎商業卒」が明記された。塚本ゼミからは、芥川賞候補・すばる文学賞の楠見朋彦、現代短歌評論賞の小林幹也・森井マスミなどが巣立った。学生との歌会を頻繁に催し、荒削りながらも新鮮な青年たちの言語感覚が、邦雄晩年の歌風確立に寄与した。六月、『不變律』により、第二三回迢空賞受賞。八月、第一七歌集『波瀾』。

**一九九〇年**（平成二年）　七〇歳

七月、『現代百歌園』。一一月、紫綬褒章受章。一二月、『現代詩コレクション』を監修。政田岑生の詩も、収録されている。

**一九九一年**（平成三年）　七一歳

四月、第一八歌集『黃金律』。これからの一〇年間を「大世紀末の時代」と捉えた邦雄は、挑発的に歌い続けた。九月、『不可解ゆゑに我愛す』。

**一九九二年**（平成四年）　七二歳

三月、亡母への追悼歌集『薄明母音』を刊行。五月、『黃金律』により、第三回斎藤茂吉短歌文学賞受賞。

**一九九三年**（平成五年）七三歳

一月、「歌壇」に「西行百首」を連載開始（〜九五年一月）。三月、第一九歌集『魔王』。一二月、『魔王』により、第一六回現代短歌大賞受賞。同月、『世紀末花傳書』。

**一九九四年**（平成六年）七四歳

六月二九日、永年にわたり邦雄を支えてきた政田岑生が急逝。一一月、第二〇歌集『獻身』を刊行し、政田に献じる。

**一九九五年**（平成七年）七五歳

一月、阪神淡路大震災に遭い、書棚が倒れ、ガラスが割れる。六月、才能を持ちつつマイナーで終わった歌人への紙碑『殘花遺珠』。一一月、『新古今集新論』。

**一九九六年**（平成八年）七六歳

一〇月、間村俊一の秀抜なブックデザインで、第二一歌集『風雅默示錄』を刊行。

**一九九七年**（平成九年）七七歳

四月、ＮＨＫ衛星放送「短歌王国・市民参加短歌大会」に出演。同月、勲四等旭日小綬章受章。五月の国立劇場での授章式に、慶子夫人は百人一首の意匠の優雅な着物で同伴。八月、第二二歌集『汨羅變』。

**一九九八年**（平成一〇年）七八歳

九月八日、慶子夫人が多臓器不全のために死去。数年来、腸閉塞の持病があった。享年七二。戒名は、白蓮院妙慶日德大姉。最愛の「蘇枋乙女」を喪った邦雄は、衝撃を受け途方に暮れる。一〇月、第二三歌集『詩魂玲瓏』。一一月、満を持した企画『塚本邦雄全集』全一五巻・別巻一巻が、ゆまに書房から刊行を開始（〜二〇〇一年六月）。

**一九九九年**（平成一一年）七九歳

三月、近畿大学文芸学部教授を退任。同月、歴史小説家として自立した青史は、勤務先の日本写真印刷株式会社を退職。

**二〇〇〇年**（平成一二年）八〇歳

五月、安森敏隆とイエス・キリストを論じ合った『獨斷の榮耀』を刊行。七月、胆管結石と急性肝炎を併発し、入院。八月、青史は東大阪の実家に戻り、父邦雄と同居して介護と執筆の日々に入る。青史の妻の礼子も、全面協力。九月に退院するも、全身麻酔手術の後遺症のためか、明澄と博識を誇った邦雄の意識に濁りが生じ始める。以後、著述は激減。

**二〇〇一年**（平成一三年）　八一歳

三月、第二四歌集『約翰傳僞書』を刊行。これ以後、第二五歌集『神變』が企図されたが、諸般の事情で中止のやむなきに到った。

**二〇〇二年**（平成一四年）～**二〇〇四年**（平成一六年）　八二歳～八四歳

意識は徐々に薄れつつあったが、明瞭な時間帯もあり、「玲瓏」の撰歌作業や、自作短歌の揮毫、署名などは可能であった。新作短歌もわずかながら、「玲瓏」に発表された。一年に一度の「玲瓏全國の集ひ」には、車椅子に乗って出席するのが常だった。

**二〇〇五年**（平成一七年）

五月、選歌集『寵歌變』を刊行。六月九日午後三時五四分、呼吸不全のため、大阪府守口市の病院で死去。享年八四。東大阪玉泉院にて、一二日通夜、一三日葬儀告別式。戒名、玲瓏院神變日授居士。喪主、長男青史。葬儀委員長、現代歌人協会理事長篠弘。弔辞は、馬場あき子、岡井隆（加藤治郎代読）、福島泰樹。本門法華宗大本山妙蓮寺に、慶子夫人と共に眠る。生前最後の一首、「皐月待つことは水無月待ちかぬる皐月まちゐし若者の信念」。上句は、「皐月待つ如は」の意か。

『水葬物語』以前については、楠見朋彦氏『塚本邦雄の青春』（二〇〇九年二月、ウェッジ文庫）を参照した。

（島内景二編）

本書は『塚本邦雄全集　第十四巻』（一九九九年八月、ゆまに書房刊）を底本として使用しましたが、同書及び初出『藤原俊成・藤原良経』（一九七五年六月、筑摩書房刊）はともに新字新仮名遣いのため、今回の収録にあたり正字正仮名遣いへとあらため、著作権者の了解のもと、タイトルを変更しました（詳細は解説参照）。また引用の不備をただし、ルビを調整し、底本に見られる誤植や、明らかに著者の錯覚によって生じたと思われる誤記を訂正するなどしましたが、原則として底本に従いました。なお、訂正や表記上の変更に際しては、島内景二氏の教示を得ましたことを申し添えます。

また、底本にある表現で、今日からみれば不適切と思われる言葉がありますが、作品が書かれた時代背景と作品的価値、及び著者が故人であることなどを考慮し、底本のままとしました。よろしくご理解のほどお願いいたします。

新古今《しんこきん》の惑星群《わくせいぐん》
塚本邦雄《つかもとくにお》

二〇二〇年一二月一〇日第一刷発行
二〇二四年 三 月一四日第二刷発行

発行者——森田浩章
発行所——株式会社 講談社
東京都文京区音羽2・12・21 〒112-8001
電話 編集（03）5395・3513
販売（03）5395・5817
業務（03）5395・3615

デザイン—菊地信義
印刷——株式会社KPSプロダクツ
製本——株式会社国宝社
本文データ制作—講談社デジタル製作

定価はカバーに表示してあります。



講談社
文芸文庫

ISBN978-4-06-521926-3

## 講談社文芸文庫

| | | |
|---|---|---|
| 高見 順 | ——如何なる星の下に | 坪内祐三——解／宮内淳子——年 |
| 高見 順 | ——死の淵より | 井坂洋子——解／宮内淳子——年 |
| 高見 順 | ——わが胸の底のここには | 荒川洋治——解／宮内淳子——年 |
| 高見沢潤子 | -兄 小林秀雄との対話 人生について | |
| 武田泰淳 | —蝮のすえ｜「愛」のかたち | 川西政明——解／立石 伯——案 |
| 武田泰淳 | —司馬遷—史記の世界 | 宮内 豊——解／古林 尚——年 |
| 武田泰淳 | —風媒花 | 山城むつみ-解／編集部——年 |
| 竹西寛子 | —贈答のうた | 堀江敏幸——解／著者——年 |
| 太宰 治 | ——男性作家が選ぶ太宰治 | 編集部——年 |
| 太宰 治 | ——女性作家が選ぶ太宰治 | |
| 太宰 治 | ——30代作家が選ぶ太宰治 | 編集部——年 |
| 田中英光 | —空吹く風｜暗黒天使と小悪魔｜愛と憎しみの傷に 田中英光デカダン作品集 道籏泰三編 | 道籏泰三——解／道籏泰三——年 |
| 谷崎潤一郎 | -金色の死 谷崎潤一郎大正期短篇集 | 清水良典——解／千葉俊二——年 |
| 種田山頭火 | -山頭火随筆集 | 村上 護——解／村上 護——年 |
| 田村隆一 | —腐敗性物質 | 平出 隆——人／建畠 晢——年 |
| 多和田葉子 | -ゴットハルト鉄道 | 室井光広——解／谷口幸代——年 |
| 多和田葉子 | -飛魂 | 沼野充義——解／谷口幸代——年 |
| 多和田葉子 | -かかとを失くして｜三人関係｜文字移植 | 谷口幸代——解／谷口幸代——年 |
| 多和田葉子 | -変身のためのオピウム｜球形時間 | 阿部公彦——解／谷口幸代——年 |
| 多和田葉子 | -雲をつかむ話｜ボルドーの義兄 | 岩川ありさ-解／谷口幸代——年 |
| 多和田葉子 | -ヒナギクのお茶の場合｜海に落とした名前 | 木村朗子——解／谷口幸代——年 |
| 多和田葉子 | -溶ける街 透ける路 | 鴻巣友季子-解／谷口幸代——年 |
| 近松秋江 | —黒髪｜別れたる妻に送る手紙 | 勝又 浩——解／柳沢孝子——案 |
| 塚本邦雄 | —定家百首｜雪月花(抄) | 島内景二——解／島内景二——年 |
| 塚本邦雄 | —百句燦燦 現代俳諧頌 | 橋本 治——解／島内景二——年 |
| 塚本邦雄 | —王朝百首 | 橋本 治——解／島内景二——年 |
| 塚本邦雄 | —西行百首 | 島内景二——解／島内景二——年 |
| 塚本邦雄 | —秀吟百趣 | 島内景二——解 |
| 塚本邦雄 | —珠玉百歌仙 | 島内景二——解 |
| 塚本邦雄 | —新撰 小倉百人一首 | 島内景二——解 |
| 塚本邦雄 | —詞華美術館 | 島内景二——解 |
| 塚本邦雄 | —百花遊歴 | 島内景二——解 |

▶解=解説 案=作家案内 人=人と作品 年=年譜を示す。 2024年3月現在